民歌

- 挂枝儿 　· 山歌 　· 夹竹桃

三种

〔明〕 冯梦龙 编

北京联合出版公司
Beijing United Publishing Co.,Ltd.

出版说明

本书收明冯梦龙编述《挂枝儿》《山歌》《夹竹桃》民歌三种。

"挂枝儿"是明代万历朝兴起于民间的时调小曲，在晚明甚为风行，所谓"不问南北，不问男女，不问老幼良贱，人人习之，亦人人喜听之"（沈德符《万历野获编》卷25《时尚小令》），可见其风靡程度。冯梦龙编述《挂枝儿》10卷，明刻本残缺，存9卷。另有姚梅伯《今乐府选》收抄本，分上下两卷，亦残缺，然恰能补足冯梦龙的10卷本。冯梦龙编述《挂枝儿》凡10卷，以部分卷，录曲435首。

吴地"山歌"之出现甚早，而又以明代最为兴盛。冯梦龙编述《山歌》凡10卷，以体划分，存曲380首，以抒写男女情爱为主要内容，风格清新明快，感情率真热烈，所谓"但有假诗文，无假山歌"（冯梦龙《叙山歌》），可称的评。

"夹竹桃"曲调基本上是八句，所谓"三句山歌一句诗，中间四句是新词"是也。首二句七言，中间四句是四言，末二句又是七言。四字句瘦瘠，仿佛竹叶，七字句丰腴，好像盛开的桃花，把四句四字句夹在四句七字句当中，就像夹竹桃似的，其曲调名即由此而起。凡录曲 123 首，包括开端《前叙》一首和《后序》一首。各曲末句用《千家诗》各诗末句。后一曲首字与前一曲末字相同，形成顶针，如第一首末句是"赛过新兴银绞丝"，第二首首句便是"丝丝绿柳映窗前"，以下各篇都是如此，直到最后一首末句"赛过清明三月三"，仍接第一首的第一句"三句山歌一句诗"。

明清民歌以抒写男女爱情生活和社会生活状貌为主，大都生动活泼、率直真切，但也有一些诗作格调不高，需要读者区分阅读。书中曲词里的夹评及曲后评注皆冯梦龙编述时所加，为方便读者阅读，我们用字体、字号作了区分。

本书对研究明清民歌、明清社会风习乃至中国俗文学，均具有重要的参考价值。本书附录录有关德栋和赵景深先生的三篇综述文章，是对"挂枝儿""山歌""夹竹桃"的综合性研究，可供读者参阅。

目 录

○ 挂枝儿

私部一卷

私窥（3） 性急（3） 咳嗽（3） 搂抱（4） 耐心 计二条（4）
缘法（5） 不凑巧（5） 口许（5） 佳期（5） 相会（6）
花开 计二条（6） 调情 计四条（7） 自矢 计二条（8）
虚名 计二条（8） 问信（9） 解恼（9） 骂杜康（9）
错认 计四条（10） 真心（11） 紧防（11） 脚声（11）
叮嘱 计二条（12） 疼恼（12） 愁孕（12） 赠瓜子（13）
情长（13） 五更天（13） 造桥（14） 商议（14）

欢部二卷

同心（15） 专心（15） 做梦（15） 感恩（16） 坚心（16）
分离（16） 问咬（16） 伤病（17） 变 计二条（17）
泥人（17） 表记（18） 寄书（18） 醉归 计二条（18）
描真（19） 眼里火 计三条（19） 金不换（20） 久交（20）
咒 计二条（20） 陪笑（21） 打（21） 爱（22） 阻雨（22）
喜鹊（22） 愿嫁（23） 妓馆（23）

想部三卷

相思 计五条（24）　听唱（25）　预愁（25）　心口相问（25）
喷嚏（26）　倦绣（26）　痴想 计二条（26）　帐（27）　牵挂（28）
泣想（28）　无眠（28）　梦 计三条（28）　瘦 计二条（29）
病 计三条（30）　想嫁（30）　空书（31）　得书 计二条（31）
卖相思 计二条（31）　问课（32）　求签（32）　魇到（32）
自怨（32）　不忘（33）　揉枕（33）　打丫头（33）
打梅香（33）　叫梅香（34）　痒（34）　盼归 计二条（34）
心事（35）　药名 计三条（35）

别部四卷

送别 计七条（37）　寄别（40）　泣别（40）　初别（41）
忆别（41）　久别（41）

隙部五卷

捎书（42）　糊涂（42）　不希罕（42）　发狠（43）
杂情（43）　负心 计五条（43）　查问 计四条（46）
醋 计四条（47）　劝（48）　跳槽 计二条（49）
识破 计二条（49）　缠丢（49）　骂（50）　怕闪（50）
情淡 计三条（50）　缘尽（51）　是非 计六条（51）　自明 计三条（53）
阄（54）　淘气（54）　夜闹（55）　漏言（55）　散伙（55）
交恶（55）　扯汗巾 计二条（56）　戴花（56）　自悔（57）
恕罪 计二条（57）　心虚（57）　归迟 计二条（58）　歪缠（58）
管（58）　嗔妓 计二条（58）　寄夫（59）　多心（60）　男风（60）

怨部六卷

假相思（61）　怪（61）　告诉（61）　强留（62）　数归期（62）
记日（62）　黑心（62）　无信（63）　见书（63）　寄信（63）

悔交 计二条（63）　　狠（64）　　心变 计二条（64）　　咒 计二条（64）
恨天（65）　　告状 计二条（65）　　比方 计二条（66）　　从良 计六条（66）

感部七卷

春 计三条（68）　　秋（69）　　冬（69）　　月（69）　　拜月（69）
风 计二条（70）　　雨（70）　　风雨 计二条（70）　　牛女（71）
茉莉花（71）　　促织（71）　　鸡 计二条（72）　　鼠（72）
猫 计二条（72）　　雁（73）　　听箫（73）　　画（73）　　书声（74）
单（74）　　孤（74）

咏部八卷

月（75）　　花 计二条（75）　　花名（75）　　果（76）　　叶（76）
杨花 计二条（76）　　花蝶（76）　　荷（77）　　粽子（77）　　桃子（77）
甘蔗（78）　　藕（78）　　瓜子（78）　　橄榄（78）　　扇子 计二条（79）
兔毫（79）　　网巾（79）　　网巾带（80）　　牙梳（80）　　木梳（80）
牙刷（80）　　消息子 计二条（80）　　夜壶（81）　　镜 计五条（81）
金针（82）　　并刀（83）　　枕（83）　　纽扣（83）　　睡鞋（83）
裹脚（83）　　帐钩（84）　　锁（84）　　竹夫人 计二条（84）
箫 计二条（85）　　香炉（85）　　香筒 计二条（86）　　鼓（86）
靴（86）　　风筝（87）　　捷踢（87）　　戏球（87）　　火爆（87）
骰子 计二条（88）　　纸牌（88）　　钻棋（88）　　围棋（89）　　象棋（89）
双陆（89）　　灯花（89）　　灯笼（89）　　蜡烛 计三条（90）　　罐子（91）
鳌等（91）　　天平 计二条（91）　　法马（92）　　墨斗（92）　　伞（92）
磨子（92）　　风箱（93）　　船 计二条（94）　　石狮子（94）
雪狮子（94）　　麻雀（95）　　蜻蜓（95）　　蚊子 计二条（95）

谑部九卷

鸨儿（97）　　鸨妓问答（97）　　者妓（97）　　门子（98）　　子弟（98）

小官人 计二条（98） 山人（99） 当铺（99） 无毛（100）
大脚 计二条（100） 假纱帽（100） 野花（100） 酒风（101）
惧内 计二条（101） 窃婢（101） 陪宾（101） 银匠（102）

杂部十卷
妓客问答（103） 夜客（103） 站门（103） 孤孀 计二条（103）
妓 计三条（104） 哭情人（105） 拿人（105） 教乖（105）
教骏（105） 小尼姑（105） 小和尚（106） 趁船（106）
灯花问答（106） 占卦（107） 乡下夫妻（107） 取妾（108）
急口 计二条（108） 挂枝儿（108）

○山歌

叙山歌

卷一 私情四句
笑（112） 睃（112） 看 计二条（113） 骚 计四条（114）
弗骚（114） 学样（115） 做人情（115） 无郎 计二条（115）
熬（115） 寻郎（116） 作难（116） 等 计二条（116）
模拟（116） 次身（117） 月上 计二条（117） 引 计二条（117）
走（118） 半夜（118） 娘咳嗽（118） 瞒娘 计二条（119）
扯布裙（119） 乖（119） 看星 计二条（119） 娘打 计三条（120）
瞒夫 计二条（120） 打双陆（121） 瞒人 计四条（121）
赠物 计二条（121） 捉奸 计三条○首条附补意二条（122） 捉头（123）
失窘（123） 孕 计七条（123） 不孕 附番案一条（124）

卷二 私情四句

姐儿生得 计九条（125） 捉蜻蜓（126） 穿红（126） 穿青（127）
有心 计三条〇第二条附补意一条（127） 偷 计四条〇第三条附番案一条（127）
保佑（128） 砑光（128） 干思（128） 打人精（129）
撇青 计二条（129） 推 计二条（129） 春画（130） 贪花（130）
采花（130） 花蝴蝶（130） 身上来（131） 跳窗盘（131）
同眠（131） 诈困 计二条（131） 五更头（132） 弗还拳（132）
床沿上（132） 本事低（132） 后门头（132） 醉公床（133）
立秋（133） 困得来（133） 专心（133） 诉（133） 奢遮（133）
送瓜子（134） 唱（134） 隔 计三条（134） 长情 计三条（134）

卷三 私情四句

怨旷 计二条（136） 无老婆（136） 一边爱 计二条（136）
交易（137） 冷 计二条（137） 盘问（137） 隙（138）
拆帐（138） 弗到头（138） 做身分（138） 重往来（138）
送郎 计四条（139） 别 计二条（139） 久别（139） 哭 计二条（139）
旧人（140） 思量（140） 嫁（140） 怕老公（140） 新嫁（141）
老公小 计三条（141） 大细（141）

卷四 私情四句

姓 计二条（142） 被席（142） 出（142） 新（142） 要（143）
比（143） 会（143） 后庭（144） 多 计三条（144）
两郎 计三条（145） 兄弟（145） 婢（145） 姑嫂 计二条（146）
娘儿 计二条（146） 伯姆（146） 姐妹（146） 阿姨 计三条（147）
争 计五条（147） 补肩头 计二条（148） 老人家 计二条（148）
暴后生（148）

卷五杂歌四句

亲老婆（149）　　和尚（149）　　月子弯弯（149）　　乡下人（150）
筛油（150）　　毪屄姐儿（150）　　毪𡳞囡儿（150）　　姹童 计二条（151）
风臀（151）　　丑妇（151）　　麻（151）　　胡子（152）　　孝（152）
大人家阿姐 计二条（152）　　大人家阿嫂（152）　　嫖（152）
瘦妓（153）　　壮妓（153）　　大脚妓 计二条（153）　　拣孤老（153）
八十婆婆（153）　　骗（154）　　杀七夫（154）　　小家公（154）
洗生姜（154）　　乌龟（154）　　私情报（155）　　美妻（155）
唱山歌 计二条（155）

卷六咏物四句

风 计二条（156）　　花（156）　　砚（156）　　笔（157）
棋 计二条（157）　　双陆（157）　　骰子 计二条（157）
投壶（158）　　球（158）　　捷踢（158）　　鹞子（158）
香筒（159）　　荷包（159）　　毡条（159）　　帐（159）
睡鞋（159）　　珠（160）　　海青（160）　　算盘（160）
鏊等（160）　　消息子（160）　　扇子（160）　　网巾圈 计二条（161）
夜壶（161）　　粪箕（161）　　烟条（161）　　蜡烛（161）
灯笼（162）　　走马灯（162）　　箸（162）　　茶注（162）
酒钟（162）　　攒盒（163）　　鼓（163）　　爆杖（163）
流星（163）　　伞 计三条（163）　　墨斗（164）　　吊桶（164）
粽子（164）　　馒头 计二条（164）　　面筋（165）　　荸荠茨菇（165）
香圆（165）　　茶（165）　　梅子（166）　　茄子（166）　　夜合花（166）
葵花（166）　　蟋蟀（166）　　跋弗倒（166）　　船 计三条（167）
篷（167）　　钓鱼船（167）　　鱼（168）　　鼠（168）

卷七私情杂体

笃痒（169）　　田鸡（169）　　上桥（169）　　摆祠堂（170）

借个星（170） 吃樱桃（170） 船艄婆（170） 约（171）
咒骂（171） 敲门（171） 后庭心 计二条（171） 钉鬼门（172）
小囡儿（172） 老阿姐（172） 操琴（172） 绰板（173）
象棋（173） 黄瓜（173） 锯子（173） 寂寞（174）

卷八 私情长歌

丢砖头（175） 田（175） 船（176） 木梳（176） 蒸笼（176）
钻子（177） 求老公（177） 竹夫人（178） 汤婆子竹夫人相骂（178）
笼灯（180） 老鼠（181） 困弗着（182） 歪缠（183）

卷九 杂咏长歌

陈妈妈（186） 门神（187） 鞋子（188） 镴子（190）
烧香娘娘（191） 破骔帽歌（194） 山人（196）
鱼船妇打生人相骂（198）

卷十 桐城时兴歌

秋千（200） 素帕（200） 葫芦（200） 剑（200） 笔（200）
木梳（201） 西瓜（201） 茶（201） 塔（201） 猜拳 计二条（201）
天平（202） 灯笼（202） 灯影（202） 鞋（202） 新月（202）
摇头（202） 调心（203） 恋（203） 丢（203） 送郎 计二条（203）
募缘（203） 三秀才（204）

○ 夹竹桃

前叙（207） 将谓偷闲（207） 万紫千红（207）
秋千院落（207） 出门俱是（207） 月移花影（208）

计程应说（208）	绝胜烟柳（208）	总把新桃（208）
一朵红云（208）	门泊东吴（209）	故烧高烛（209）
牧童遥指（209）	晓窗分与（209）	家家扶得（209）
轻烟散入（210）	吹面不寒（210）	一枝红杏（210）
杖藜携酒（210）	东风吹水（210）	轻薄桃花（211）
怕有渔郎（211）	尽是刘郎（211）	前度刘郎（211）
沙上凫雏（211）	却教明月（212）	野渡无人（212）
缓寻芳草（212）	夕阳箫鼓（212）	却疑春色（212）
青草池塘（213）	莫遣纷纷（213）	玉人歌舞（213）
惟解漫天（213）	不是愁中（213）	不信东风（214）
丝丝夭棘（214）	多少工夫（214）	不知春去（214）
又得浮生（214）	惟有葵花（215）	闲敲棋子（215）
闲看儿童（215）	添得黄鹂（215）	困人天气（215）
摘尽枇杷（216）	并作南来（216）	满架蔷薇（216）
也傍桑阴（216）	才了蚕桑（216）	短笛无腔（217）
两山排闼（217）	飞入寻常（217）	江城五月（217）
西出阳关（217）	一任两山（218）	白云明月（218）
不道人间（218）	满阶荷叶（218）	卧看牵牛（218）
明月明年（219）	风景依稀（219）	直把杭州（219）
映日荷花（219）	淡妆浓抹（219）	月钩初上（220）
数声渔笛（220）	一池月浸（220）	纱帽闲眠（220）
紫薇花对（220）	为有源头（221）	此日中流（221）
回头不是（221）	无复明朝（221）	最是橙黄（221）
才有梅花（222）	夜半钟声（222）	月中霜里（222）
惹得诗人（222）	深深笼水（222）	雪却输梅（223）
与梅并作（223）	不脱蓑衣（223）	漫腾腾地（223）
池上于今（223）	野芳虽晚（224）	四十余年（224）
君王又进（224）	怎忍花前（224）	水远山遥（224）

莫管城头（225）　　满眼蓬蒿（225）　　一滴何曾（225）
不妨游衍（225）　　疑是蟾宫（226）　　暂时相赏（226）
何用浮名（226）　　五湖烟景（226）　　西楼望月（226）
微躯此外（227）　　直欲渔樵（227）　　海鸥何事（227）
枕簟仍教（227）　　愁见河桥（227）　　男儿到此（228）
但逢佳节（228）　　更待银河（228）　　夜深搔首（228）
相送柴门（228）　　安得元龙（229）　　断桥垂露（229）
醉把茱萸（229）　　空戴南冠（229）　　余音嘹亮（229）
赏心从此（230）　　教儿且覆（230）　　不须檀板（230）
好收吾骨（230）　　酡然直到（230）　　也应无计（231）
庭院春深（231）　　为问蟠桃（231）　　后序（231）

○ 附录

《挂枝儿》综述（关德栋）（235）
《山歌》综述（关德栋）（257）
《夹竹桃》综述（赵景深）（270）

挂枝儿

私部一卷

私　窥

是谁人把奴的窗来䴗破。眉儿来，眼儿去，暗送秋波。俺怎肯把你的恩情负，欲要搂抱你，只为人眼多。我看我的乖亲也，乖亲又看着我。

　　　好看真好看。

性　急

兴来时，正遇我乖亲过。心中喜，来得巧，这等着意哥。恨不得搂抱你在怀中坐。叫你怕人听见，扯你又人眼多。看定了冤家也，性急杀了我。

咳　嗽

俏冤家，人面前瞧奴怎地。墙有风，壁有耳，切忌着疏虞。来一会，去一会，教我禁持一会。你的意儿我岂不晓，自心里，自家知。不好和你回言也。只好咳嗽一声答应你。

　　　咳嗽不已，便成痨怯矣。仔细着。

搂 抱

俏冤家，想杀我，今日方来到。喜孜孜，连衣儿搂抱着，你浑身上下都堆俏。搂一搂愁都散，抱一抱闷都消。便不得共枕同床也，我跟前站站儿也是好。爱极怜极。

耐 心

熨斗儿熨不开眉间皱，快剪刀剪不断我的心内愁，绣花针绣不出鸳鸯扣。恨此句。两下都有意，人前难下手。该是我的姻缘，哥，耐着心儿守。哥字衬得有情。

后四句，一云："两下情都有，人前怎么偷？只索耐着心儿也，终须着我的手。"亦佳，然末句太露。一又云："香肌为谁减，罗带为谁收？这一丢儿的相思也，何日得罢手？"亦未见胜。

《雪涛阁外集》云："妻不如妾，妾不如婢，婢不如妓，妓不如偷，偷得着不如偷不着。"描尽世情。此语非深于情者不能道。"耐着心儿守"，妙处正在阿堵。

又

真不真，假不假，你的心肠不定。长不长，短不短，怎的和你完成。吞不吞，吐不吐，一味含糊答应。人说你志诚，看你不像个志诚人。说一个明白也，情愿耐着心儿等。

果肯耐心等，包你有个明白。只怕说人含糊，已更含糊耳。又曰："志诚"二字，委实难言。一篇传恨，还地下之枯魂。千遍呼名，走屏间之彩笔。锦文织就，薄幸回颜。绿鬓吟成，才人挥涕。真情所至，金石为开。世无尾生倩女其人，只索大家含糊云尔。

缘　法

有缘法那在容和貌，有缘法那在前后相交，有缘法那在钱和钞。有缘千里会，无缘对面遥。用尽心机也，也要缘法来凑巧。

说尽了。

不凑巧

香消玉减因谁害，废寝忘飧为着谁来。魂劳梦断无聊赖，几番不凑巧，也是我命安排。你看隔岸上的桃花也，教我怎生样去采。

雅甚。亦是《缘法》篇一小注脚。

口　许

眉儿来，眼儿去，非止一次。情儿谐，口儿许，不是一时。千侥幸，万侥幸，偶然和你得同一处。巴不得霎时间便上了手，临上手你缘何又推辞。既然是个不爽利的冤家也，你许我做什么子。

还有不肯统口的。莫要不知好歹。

佳　期

灯儿下，细把娇姿来觑。脸儿红，嘿不语，只把头低，怎当得会温存风流佳婿。金扣含羞解，银灯带笑吹。我与你受尽了无限的风波也，今夜谐鱼水。

到此一杯淡话，却是少不得。

相 会

都说有情人相会时，无边的情况。我两个相会时，只辨得凄凉。哭一哭，说一说，就是东方亮。你忙忙穿衣出门去，我孤孤的摊被儿卧在床。不知甚么日子相逢也，又只够把今夜的凄凉讲。

花 开

约情人，约定在花开时分。预把牡丹台芍药栏整葺完成，等着那花发芽，便是奴交运。将近清明了，一个花蕊头儿也不见生。想去年花此际将开也，今年怎么这等迟得很。

何文缜丞相初登科，在馆阁。饮于宗戚一贵人家，有侍儿惠柔，慕公丰标，密解手帕子为赠，且约牡丹开时再集。何亦甚关抱。既归，赋《虞美人》词，隐其小名以寓结恋之意。词云："分香帕子柔蓝腻，欲去殷勤惠。重来直待牡丹时，只恐花枝相妒故开迟。　别来看尽闲桃李，日日阑干倚。催花无计问东风，梦作一双蝴蝶绕芳丛。"何固有情人，惠柔一双俊眼，亦讵减红拂儿也。《约情人》一篇，正堪代惠柔答赠。

又

约情哥，约定在花开时分。他情真，他义重，决不做失信人。手携着水罐儿，日日把花根来滋润。盼得花开了，情哥还不动身。一般样的春光也，难道他那里的花开偏迟得紧。此转尤奇。

调 情

娇滴滴玉人儿,我十分在意,恨不得一碗水吞你在肚里。日日想,日日捱,终须不济。大着胆,上前亲个嘴,谢天谢地,他也不推辞。早知你不推辞也,何待今日方如此。

> 语云:"色胆大如天。"非也。直是"情胆大如天"耳。天下事尽胆也,胆尽情也。杨香孱女而拒虎,情极于伤亲也;刖跪贱臣而击马,情极于匡君也。由此言之,忠孝之胆,何尝不大如天乎?总而名之曰"情胆"。聊以试世,碌碌之夫,遇事推调,不是胆歉,尽由情寡。呜呼,验矣。

又

俏冤家扯奴在窗儿外。一口儿咬住奴粉香腮,双手就解香罗带。哥哥等一等,只怕有人来。自饶情致。再一会无人也,裤带儿随你解。

又

俊亲亲,奴爱你风情俏。动我心,遂我意,才与你相交。谁知你胆大就是活强盗。不管好和歹,进门就搂抱着。撞见个人来也,亲亲,教我怎么好。

> 亦真。以上二篇,毫无奇思,然婉如口语,却是天地间自然之文,何必胭脂涂牡丹也。

又

意中人,偶撞见,正在无人处。两条心,热如火,何待踌躇。衣未解，肉未贴，又听得人来至。早是不曾做脚手，险些露出马脚儿。骂一声杀风景的冤家也，你来做什么子。

　　该骂该骂，就打也不差，杀也不差。

自　矢

眉来眼去情儿厚，有一个惹厌的人挡住在前头，因此上要成就不能勾成就。若还成就了，磕你一万个头。那一个负义忘恩也，就做卓儿底下的狗。

　　"有如日"，"有如水"，俱指目前立誓。"卓儿底下狗"，甚得古意。

又

玉人儿，我为你一条心萦系。我也曾猜谜打诨要你心自知，看你不言不语，是甚么样主意。我不比那无情汉，你也不要诈鹘突。若肯放一线儿的通融也，情愿头也割与你。

　　或云："论不通融时，割头也是小事；及至通融时，又不割头了。"余笑曰："割头事固小，比不拔一毛者如何？"

虚　名

担惊怕，费心机，何曾消受。寄音书，传口信，料也不在你心头。庞儿一半因君瘦。本待落花有意随流水，谁知花落无情水自流。落得个虚名也，人都说和你有。

　　虚名也有受用不起的，谈何容易。又曰："世人事事爱虚名，独此不爱虚名，何耶？"

又

蜂针儿尖尖的刺不得绣,萤火儿亮亮的点不得油,蛛丝儿密密的上不得筘。白头翁举不得乡约长,纺织娘叫不得女工头。有甚么丝线儿的相干也,把虚名挂在旁人口。

　　章法从《熨斗儿》篇来,而才情胜之。白头翁,鸟名。纺织娘,虫名。是的对。

　　滇人郭舟屋《竹枝词》云:"金马何曾半步行,碧鸡那解五更鸣。侬家夫婿久离别,恰似两山空得名。"亦此意。

问　信

俏冤家,家去了,便无音信。你去后,我何曾放下心。那一日不着人在你家门前问。愁只愁你大娘子狠,怕又怕令堂与令尊。都是实话。担惊受怕的冤家也,怎么来得这等艰难得紧。

　　滋味正在艰难,不然,家常茶饭,不成话柄矣。

解　恼

想亲亲,念亲亲,亲亲来到。倒靠在奴怀内撒什么娇,为甚的珠泪儿腮边吊。一定是家中淘了气,说来奴听着。休得嘿嘿无言也,且向绣房中去解你的恼。

　　这一番解恼,回去又是淘气了。

骂杜康

俏娘儿指定了杜康骂。奇,奇。你因何造下酒,醉倒我冤家。进门来一跤儿跌在奴怀下,那管人瞧见,幸遇我丈夫不在家。好色贪杯的冤家也,把性命儿当做耍。

  语云:"酒是色媒人。"但有骂杜康者,而无谢杜康者,杜康冤矣。余足一篇云:"杜康哥,我把你做恩人叫。亏杀你造下酒,成就了多少相交。三杯落肚其实妙,春兴亏你发,春愁亏你消。生澈澈要去的冤家也,亏你弄醉留住了。"六公云:"读此词,杜康功浮于罪。"

错　认

隔花阴,远远望见个人来到。穿的衣,行的步,委实苗条。与冤家模样儿生得一般俏。巴不能到跟前,忙使衫袖儿招。粉脸儿通红羞也,姐姐,你把人儿错认了。

又

月儿高,望不见我的乖亲到。猛望见窗儿外,花枝影乱摇。低声似指我名儿叫。双手推窗看,原来是狂风摆花梢。喜变做羞来也,羞又变做恼。二句描神。

又

恨风儿,将柳阴在窗前戏,惊哄奴推枕起。忙问是谁,问一声,敢怕是冤家来至。寂寞无人应,忙将问语低。妙,妙。自笑这等样的痴人也,连风声儿骗杀了你。

又

　　冷清清，独自在房儿中睡觉。猛听得是谁人把我门敲，想是我负心的冤家来到。慌忙披衣起，罗裙拴着腰。急急的开门也，呸，又是妹妹的孤老。

　　　　妹妹不来开门，合断此孤老与姐姐。

真　心

　　我是个痴心人，定要你说句真心话。我想你是真心的，又不知是真共假。你若果真心，我就死也无别话。你真心要真到底，不许你假真心念头差。若有一毫不真心也，从前的都是假。

　　　　真心何必说，说真心未必真也，定要说句真心话，果痴心矣。又曰：痴心便是真心。不真不痴，不痴不真。

紧　防

　　俏冤家，约定你三更时候。临行时，切不可被那人勾。访着实决不与你轻将就。非是我提防得你紧，怎奈你是个薄幸的因。我若略放些的宽松也，你就别寻条路儿走。

　　　　有路，如何禁他走？情至者自不走。

脚　声

　　脚声儿必定是冤家来到。搋破了纸窗儿，偷着眼把他瞧。悄悄的站多时，怎不开言叫。露湿衣衫冷，浑身似水浇。多心的人儿也，冻得你真个好。奇叶。

　　　　有景，词亦雅称。

叮　嘱

俏冤家，请坐下，拜你几拜。千叮咛，万嘱付，我的乖乖。在人前休把风月卖。如今人眼孔浅，莫讨他看出来。若看出了你这虚脾也，连我也没光采。

　　　康侯云："亦是骂世之文，不但情语切切。"

又

机梳儿，是奴家亲手做就。香茶儿，并扣钮，都藏在里头。送亲亲，牢系着，休忘了旧。香茶儿噙在口，钮扣儿在心头。切莫要在人前也，露出奴的丑。

疼　恼

可知我疼你因甚事，可知我恼你为甚的，难道你就不解其中意。我疼你是长相守，我恼你是轻别离。还是要我疼你也，还是要恼你。

　　　要你恼也自难得。若不恼时，疼也不真。

愁　孕

悔当初与他偷了一下，谁知道就有了小冤家。主腰儿难束肚子大。这等不尴不尬事，如何处置他。免不得娘知也，定有一顿打。

　　　肚子不凑趣，可恨。

赠瓜子

瓜仁儿本不是个希奇货,汗巾儿包裹了送与我亲哥,一个个都在我舌尖上过。礼轻人意重,好物不须多。多拜上我亲哥也,<u>愈淡愈直</u>。休要忘了我。

> 首句旧云:"瓜仁儿本是个希奇货。"甚无谓。且与礼轻意重不合。今云"本不是个希奇货",妙甚。

情 长

旧人儿抱怨我与新人厚,新人儿撺掇我把旧人丢,总恩情莫论新和旧。旧人也不舍,新人也不丢。一个儿天长也,一个儿地久。

> 亦是平心汉子,亦是杂情奴才。

五更天

俏冤家,约定初更到。近黄昏,先备下酒共肴。唤丫鬟,等候他,休被人知觉。铺设了衾和枕,多将兰麝烧。熏得个香香也,与他今宵睡个饱。　　二更天,盼不见人薄幸。夜儿深,人儿静,我且掩上门。待他来,弹指时我这里忙答应。怕的是寒衾枕,和衣在床上蹲。还愁失听了门儿也,常把梅香来唤醒。　　鼓三更,还不见情人至。骂一声短命贼,你担阁在那里。想冤家此际,多应在别人家睡。倾泼了春方酒,银灯带恨吹。他万一来敲门也,梅香,不要将他理。　　四更时,才合眼,朦胧睡去,只听得咳嗽响把门推,不知可是冤家至。忍不住开门看,果然是那失信贼,一肚子的生嗔也,不觉回嗔又变作喜。　　匆匆的上床时,已是五更鸡唱。肩膀上咬一口,你实说留滞在何方。说不明,话不白,便天亮也休缠帐。梅香劝姐姐,莫负了有限的好风光。似这等闲是闲非也,待闲了和他讲。

　　好个凑趣梅香。

造　桥

　　化缘的敲到我门前住。叫一声,十方佛,我是化造桥的。却原来造这桥只便得我情人来去。现钱儿我便舍,你缘簿上要写明白,发心的是个男儿也,喜舍的倒是女。

　　明中去,暗中来,真正见在功德。

商　议

　　俏冤家,近前来,我有句话儿商议。曾嘱你,悄悄地休被人知,你缘何人面前常是调情绰趣。妹妹知觉了,恐怕他讲是非。一网的兜来也,钳住他的嘴。

　　今明一个马泊六,只取他不吃醋耳。

欢部二卷

同　心

　　眉儿来，眼儿去，我和你一齐看上。不知几百世修下来，与你恩爱这一场。便道更有个妙人儿，你我也插他不上。人看着你是男我是女，怎知我二人合一个心肠。若将我二人上一上天平也，你半斤我八两。
　　　这天平欺头否？不然二人定为情死。

专　心

　　满天星当不得月儿亮，一群鸦怎比得孤凤凰，眼前人怎比得我冤家模样。难说普天下是他头一个美，只我相交中他委实强。我身子儿陪着他人也，心儿中自把他想。

做　梦

　　我做的梦儿到也做得好笑。梦儿中，梦见你与别人调。醒来时，依旧在我怀中抱。也是我心儿里丢不下，待与你抱紧了睡一睡着。只莫要醒时在我身边也，梦儿里又去了。妙。
　　　梦儿里去了，何妨？只怕醒时不在身边耳。

感 恩

感深恩，无报答，只得祈天求地。愿只愿我二人相交得到底，同行同坐不厮离。日里同茶饭，夜间同枕席。死便同死也，与你地下同做鬼。

"生则愿同衾，死则愿同穴"。李三郎千古情语。余有忆侯慧卿诗三十首，末一章云："诗狂酒癖总休论，病里时时昼掩门。最是一生凄绝处，鸳鸯冢上欲招魂。"亦此意。第二句系余所改。旧云："愿只愿我二人做一对夫妻。"反觉少味。

坚 心

罢了罢了，难道就罢了。死一遭，活一遭，死活只这一遭。尽着人将我两个千腾万倒。做鬼须做风流鬼，上桥须上奈何桥。奈何桥上若得和你携手同行也，不如死了到也好。

分 离

要分离，除非是天做了地；要分离，除非是东做了西；要分离，除非是官做了吏。你要分时分不得我，我要离时离不得你。就死在黄泉也，做不得分离鬼。

说得煞落。

问 咬

肩膀上现咬着牙齿印。奇。你实说那个咬，我也不嗔，省得我逐日间将你来盘问。咬的是你肉，肉音受。疼的是我心。是那一家的冤家也，咬得你这般样的狠。

无限关心。

伤病

玉人儿，这几日，身子有些不快。我见你容消瘦，好不伤怀，恨不得将你病移在我身上害。我害到不打紧，你病教我好难捱。已约下诊脉的医人也，还要请个僧道来禳解。

变

变一只绣鞋儿在你金莲上套，变一领汗衫儿与你贴肉相交，变一个竹夫人在你怀儿里抱。变一个主腰儿拘束着你，变一管玉箫儿在你指上调。再变上一块香茶也，不离你樱桃小。

又

会变时，你也变，连我也变。你变针，我变线，与你到底牵连。再变个减妆儿与你朝朝见。你变个盒儿好，我变个镜儿圆。千百样变来也，切莫要变了脸。

"会变时"三字甚佳。旧云："一百变，二百变，三百变。"可厌。

泥人

泥人儿，好一似咱两个。捻一个你，塑一个我。看两下里如何？将他来揉和了重新做。重捻一个你，重塑一个我。我身上有你也，你身上有了我。

此管夫人赠赵承旨语，增添数字，便成绝调。管云："我泥里有你，你泥里有我。"此改"身上"二字，可谓青出于蓝矣。至如《夜坐》一篇云："到黄昏，独背着银缸坐。和影儿两个把更漏消磨。听谯楼又转三通过。欲眠灯渐灭，影子也抛奴。孤枕的无眠也，凄惶杀了我。"纯用李易安《如梦令》词，便索然不堪再读。

表　记

这几般表记儿送与哥哥作念，钮扣儿牢紧在你心间，玉簪儿日夜似奴身亲伴。戒指儿戒游手，荷包儿谨浪言。着上这双鞋儿也，少要花街转。

寄　书

捎书人出得门儿骤。赶丫鬟唤转来，我少分付了话头。你见他时，切莫说我因他瘦。现今他不好，说与他又添忧。若问起我身躯也，只说灾晦从没有。

　　那得不瘦。

醉　归

俏冤家吃得这般样的醉，扶进来，倒在床，不分南北与东西。是谁家天杀的哄他吃醉，我哥哥的量又不十分好，苦苦灌他做甚的。醉坏了我哥哥也，就是十个也赔不起。

　　又是杜康罪业。

又

俏冤家夜深归，吃得烂醉。似这般倒着头和衣睡，何似不归。枉了奴对孤灯守了三更多天气。仔细想一想，他醉的时节稀。就是抱了烂醉的冤家也,强似独睡在孤衾里。

唐人有辞云:"门外猧儿吠,知是萧郎至。划袜下香阶,冤家今夜醉。扶得入罗帏,不肯脱罗衣。醉则从他醉,犹胜独眠时。"此曲意用古而语入今,故自佳。

描　真

碧纱窗下描郎像。描一笔,画一笔,想着才郎。描不成,画不就,添惆怅。描只描你风流态,描只描你可意庞。描不出你温存也,停着笔儿想。

眼里火

卖俏哥,你卖尽了千般俏,白汗巾,棕竹扇,香袖儿里笼着,清溜溜押几句昆山调。谁人不羡你,伶俐更丰标。是那一个有福的婆娘也,独自受用得你好。

又

眼觑着俏冤家,不由人欣羡。若是考风流,考俊雅,定是个魁元。待与他致殷勤,只恨初相见。人前多腼腆,背后有没个去传言。万想千思也,都在我心里转。

康侯云:"那得此有眼的试官,南北场罕见。"

又

俏冤家,你情性儿着人可意。你眉来,我眼去,为你费尽了心机,我二人不到手长吁气。见了你又腼腆,离了你似痴迷。羞答答无颜也，教我这事儿怎么处。

又一篇云："看上了妙人儿，不能勾成就。背地里只将那小脚儿勾，眉来眼去情儿厚。待教开开口，人面前又怕羞。假意儿传杯也，捻捻他的手。"

金不换

想起来你那人，使我魂都消尽。看遍了千千万，都不如你那人。你那人美容颜，又且多聪俊。就是打一个金人来换，也不换你那人。就是金人也是有限的金儿也，你那人有无限的风流景。

惟甚爱金，故以金不换为尤爱。然则可换者亦多矣，余有《慨世篇》云："虽有知音，不如名琴；虽有知心，不如黄金。"为之三叹。

久　交

风月中那在乎年纪少，老成人历练过手段儿高。着人知趣千般妙。不弄轻浮态，只凭恩爱交。那眼里火的相交也，纵好杀也不到老。

何必到老？

咒

俏冤家，我别你三冬后，拥衾寒，挨漏永，数尽更筹。叫着你小名儿低低咒。咒你那薄幸贼，咒你那负心囚。疼在我心间也，舍不得咒出口。

又

　　俏冤家，近前来，与你罚一个咒。我共你，你共我，切莫要便休。得一刻，乐一刻，还愁不勾。常言道牡丹花下死，用得着。做鬼也风流。拼得个做鬼风流也，别的闲话儿都丢开手。

　　又《咏蝶》云："俏冤家站立在雕栏外。猛抬头，见个粉蝶儿飞过墙来，采牡丹戏芍药由他爱。撞着蜘蛛网，丝缠解不开。断送了残生也，方信道花难采。"此云"做鬼也风流"，情之相去远矣。

陪笑

　　惯了你，惯了你偏生淘气；惯了你，惯了你倒把奴欺；惯了你，惯了你反到别人家去睡。几番要打你，怎禁你笑脸陪。笑脸儿相迎，乖，莫说打你，就骂也骂不起。　并不曾，并不曾与你淘气；并不曾，并不曾把你来欺；并不曾，并不曾到别人家去睡。你的身子儿最要紧，那闲气少寻些。我若是果有甚亏心，乖，莫说骂我，就打也是应该的。

　　一对肉麻。衬入"莫说打""莫说骂"句，更觉生姿。

打

　　几番的要打你，莫当是戏。咬咬牙，我真个打，不敢欺。才待打，不由我又沉吟了一会。打轻了你，你又不怕我；打重了，我又舍不得你。罢罢罢，冤家也，不如不打你。

　　此米农部仲诏作。

爱

你嗔我时,瞧着你,只当做呵呵笑。你打我时,受着你,只当做把情调。你骂我时,听着你,只当把心肝来叫。爱你骂我的声音儿好,爱你打我的手势儿娇。还爱你宜喜宜嗔也,嗔我时越觉得好。

阻 雨

傍晚来,怎不见冤家来到。不扚趣,风儿骤,雨儿又飘。霎时间水溢了街和道。倘阻他在中途里,这般景况最难熬。早知是这样的天光也,不如不约他来了。　约了你,恨不得一步儿行到。又谁知半路上风雨相遭。檐儿下躲一回,又怕你的心焦躁。拖泥还带水,跌上十来交。巴得到你的跟前也,你缘何又着恼。　不为你来迟了,心生焦躁。只因那风和雨,使我煎熬。拖泥带水我也都知道。还喜得不打紧,谢天天保佑着。且换下了的衣裳也,在焙笼上烘干了。　千金体,为了我,被傍人嘲笑。就如今,轮了雨,你何必要煎熬。总教受苦也难把你的恩来报。况且晴的日子多,落的日子少。但讨得你的真心也,晴也好,落也好。

喜 鹊

喜鹊儿不住的喳喳叫,急慌忙开了门往外瞧。甚风儿吹得我乖亲到。携手归房内,双双搂抱着。你虽有千期万约的书儿也,不如喜鹊儿报得好。

愿 嫁

俏冤家,进门来,我和你从长计较。我和你好一场,没个下梢。到不如嫁了你,终身有靠。闻知你大娘狠,这也是奴命招。只为你的温存也,愿做你的小。

从良一事,变态多端。或本非情愿,而弄假成真;或委系志诚,而入门生悔;或霜欺雪妒,迫成少妇坚心;或月白风清,勾起暮年憨兴。故曰:"穿破是我衣,亡过是我妻。""愿做你的小",亦是套话,然也要他有此套话。

妓 馆

虽则是路头妻,也是前缘宿世。歇一宵,百夜恩,了却相思。要长情,便和你说个山海盟誓。你此后休忘我,我此后也不忘你。再来若晓得你另搭好个新人也,我也另结识个新人起。

或疑此何以入欢部,余笑曰:"汝只看文字,不看题目耶!"

想部三卷

相 思

前日个这时节，与君相谈相聚；昨日个这时节，与君别离；今日个这时节，只落得长吁气。别君止一日，思君到有十二时。惟有你这冤家也，时刻在我心儿里。

又

别人家，念亲亲，有时儿住。谁似我，自子时直想到亥时。没黄昏，没白日，把心脾碎。一月三十日，一日十二时。那十二时的中间也，又刻刻想着你。

又

害相思，害得我心神不定。茶不思，饭不想，酒也懒去沾唇。聪明人闯入迷魂阵。口说丢开罢，心里又还疼。若说起丢开也，我到越发想得紧。

又

姊妹们害相思，我从来不信。到如今，看看要轮到自身。想着他，念着他，恹恹成病。不茶还不饭，不痒又不疼。同般样的相思也,我相思又害得狠。

　　那一个不狠?

又

　　想冤家,想得我恹恹憔瘦。自从间,那一日与你把眼色丢,到如今,意悬悬,还不能勾成就。我家妈妈又防得紧,这冤债几时勾。晓夜里的思量也,到不如哭一场丢开了手。

听　唱

　　闷恹恹,独倚在妆台傍。忽听得有情人唱的山坡羊,一声声钻在奴心儿上。越听越烦恼,待不听又思量。事不关心也,关心的自暗暗里想。

预　愁

　　三更天,睡不着思前想后,愁只愁我二人不得到头。记当初罚尽了神前咒。料想我难忘你,只恐你把我丢。我二人的开交也,笑破了千人口。

心口相问

　　前日瘦,今日瘦,看看越瘦。朝也睡,暮也睡,懒去梳头。说黄昏,怕黄昏,又是黄昏时候。待想又不该想,待丢时又怎好丢。把口问问心来也,又把心儿问问口。

　　　　口问心,心不能言。心问口,口不可信。自家心口尚须相问,况以他人之口信他人之心乎?大难大难。

喷 嚏 题亦奇

对妆台，忽然间打个喷嚏。想是有情哥思量我，寄个信儿。难道他思量我刚刚一次。奇。自从别了你，日日泪珠垂。似我这等把你思量也，想你的喷嚏儿常似雨。更奇。

　　此篇乃董遐周所作。遐周旷世才人，亦千古情人，诗赋文词，靡所不工。其才吾不能测之，而其情则津津笔舌下矣。"愿言则嚏"，一发于诗人，再发于遐周，遂使无情之人，喷嚏亦不许打一个。可以人而无情乎哉？

倦 绣

意昏昏，懒待要拈针刺绣。恨不得将快剪子剪断了丝头，又亏了他消磨了些黄昏白昼。一转。欲要丢开心上事，强将针指度更筹。绣到交颈的鸳鸯也，我伤心又住了手。二转。

　　此篇与《喷嚏》篇转折可味，熟玩得作文之法。

痴 想

月儿明了，人还不到。猛然间思想起，我好心上焦。泪珠儿止不住腮边吊。魂灵儿被他引，一夜上梦几遭。想起我那冤家也，不知那些儿待我好？

　　"不知那些儿好"，方是真好，方是真梦，方是真正冤家。

又

俏冤家，你怎么去了一向，不由人心儿里想得慌。你到把砂糖儿抹在人的鼻尖上，舔又舔不着，闻着扑鼻香。你到丢下些甜头也,教人慢慢的想。

　　　　餂着时,一丢砂糖,有何好处?慢慢的想,却是无穷受用。

帐

　　为冤家造一本相思帐。旧相思,新相思,早晚登记得忙。一行行,一字字,都是明白帐。旧相思销未了,新相思又上了一大桩。把相思帐出来和你算一算,还了你多少也,不知还欠你多少想。

　　　　琵琶妇阿圆,能为新声,兼善清讴,余所极赏。闻余广《挂枝儿》刻,诣余请之,亦出此篇赠余。云传自娄江,其前尚有《诉落山坡羊》词颇佳,因附记此:"冤家呀,小妹子不知那一句话儿把你来冲撞。逢人前对人前子说道,再不把咱家的门来上。负心的贼,可记得当初和你不曾得手的时节,你说道如渴思浆,如热思凉,如寒思衣,如饥思食。你在我跟前说,姐姐又长,姐姐又短,把那甜言美语来哄我。到如今和你得了手的时节,你到高飞远举,远举高飞。子说道,不来了不来了,在人前妆模作样。负心的贼,可记得当初和你星前月下烧肉香疤的时节,和你说,冤家呀,改常时不改常时?你回言道,我便死在九泉之下,永不改常。因此上听信你说不改常时,才和你把香疤儿烧了。谁知你大胆忘恩薄幸,亏心短行。冤家,你到另取上一个婆娘。凭你取上个妙人儿么,妙杀了也比不得小妹子的心肠。怎如得俺行儿里坐儿里茶儿里饭儿里眠儿里梦儿里醒儿里醉儿里想得你好慌。冤家呀,你自家去思,自家去想,自去度量。还是谁家的理短,谁家的理长?悲伤。冤家呀,睡到半夜五更头,你手摸着胸膛,自家去思想,自去度量。悲伤。算来还是冤家的理短,小妹子的理长。"

牵　挂

我好似水底鱼随波游戏,你好似钓鱼人巧弄心机,钓钩儿放着些甜滋味。一时间吞下了,到如今吐又迟。牵挂在心头也,放又放不下你。

泣　想

青山在,绿水在,冤家不在。风常来,雨常来,书信不来。灾不害,病不害,相思常害。春去愁不去,花开闷不开。泪珠儿汪汪也,滴没了东洋海。

　　此篇相传已久,然毕竟不可去。

无　眠

灯儿下,独自个听初更哀怨。二更时,风露冷,强去孤眠。谯楼上,又听得把三更鼓换。四更添寂寞,挨不过五更天。教我数尽更筹也,何曾合一合眼。

梦

梦儿里梦见冤家到,梦儿里双手搂抱着,梦儿里就把乖亲叫。梦儿里成凤友,梦儿里配鸾交。梦儿里相逢也,梦儿里又去了。

　　何不再睡?

又

正三更,做一梦,团圆得有兴。千般恩,万般爱,搂抱着亲亲。猛然间惊醒了,教我神魂不定。梦中的人儿不见了,我还向梦中去寻。嘱咐我梦中的人儿也,千万在梦儿中等一等。

模情痴极矣。如此梦,定不是捏鼻头做下者。

又

害相思,害得十分沉重。他在西,我在东,怎得相逢。昨宵得一个团圆梦,方才云雨罢,醒来被又空。白日里不来也,你到梦儿里将人哄。

真梦如何是哄?白日来,未必不哄。

瘦

女伴们约戏耍,要同去花园后。拂愁眉,匀泪脸,强下妆楼。待试罗衫,怎胜得香肌瘦。欲出门还自省,才举步又迟留。这般憔悴容颜也,见人先自丑。可怜。

又一篇云:"想冤家,哀哀哭,正值冤家来到。慌忙的解罗衣搂抱着,浑身上下都摸到。你为何一去后,就这等消瘦了。想是你去贪花也,茶饭儿都吃少。" 合观二篇,相思亦瘦,贪花亦瘦,瘦可怜又可憎也。要作恩爱夫妻,须是一对胖子,岂不可笑?

又

风萧萧,一阵阵穿窗牖。雨丝丝,一点点都是愁。淅零零,铁马儿在檐前骤。惨淡淡灯共影,扑簌簌珠泪流。手摸一摸庞儿也，呀，瘦了，怎的瘦得这般样丑。

病

　　花不戴，钗不戴，连镮儿也不戴。说人骇，笑人骇，我比人更骇。行也害，坐也害，睡梦也害。茶不思，饭不想，骨如麻，体似柴。为了你冤家也，这病有三四载。

又

　　百般病，比不得相思奇异。定不得方，吃不得药，扁鹊也难医。茶不思，饭不想，恹恹如醉。不但傍人笑着我，我也自笑我心痴。伶俐聪明也，到此由不得自己。

　　　　后四句逼真。

又

　　写情书，写不尽我相思帐，直直的写几句教他细细详。我病儿已在十分上，早早来还得见，也算与你厚一场。若是个来迟也，切莫要身后将奴来想。

　　　　末句旧云："除是黄泉路上来赶。"情亦惨至。南园变改："切莫要身后将奴来想。"颇雅，用之。

想　嫁

　　嫁了罢，嫁了罢，怎么不嫁。说许他，定许他，怎能勾见他。秋到冬，冬到春，春又到夏。咬得牙根痛，掐得指尖麻。真不得真来也，假又不得假。

真不得真,假不得假,正是妙境。假则扮戏,真则村里夫妻耳。

空　书
寄情书,泪珠儿滴在封皮上。奴亲手拆开看,只见纸半张。俏冤家哑谜儿鹘突帐。话儿没一句,字儿没半行。教我独对着空书也,白白的把你想。

得　书
寄书来,未拆封,先垂泪。想当初行相随,立相随,坐卧相随。还只恐梦魂儿和你相抛离。谁想今日里,盼望这一封书。你就是一日中有千万个书来也,这书儿也当不得你。

又
俏冤家,从别后,受尽了空房孤另。想得我,不茶饭,鬼病缠身。要慰离愁,除非是一封书信。猛可的音书到,拆开看得真。见了这封音书也,越发想得紧。

卖相思
罚了愿,再不把相思害。猛可的撞见个俊多才,不由人见了心中爱。正是拆了秦楼瓦,又盖上楚阳台。卖了相思也,又把相思买。

也有该卖的,也有该买的,都是都是。

又

相思铺，这几日番腾重盖。大门外，挂一面卖相思的牌，有几等相思卖与人害。单相思背地里想，双相思两下里挨。鹘突的相思也，还得鹘突人来买。

第一鹘突相思，有出脱处。

问 课

手执着课筒儿深深下拜，战兢兢止不住泪满腮，祝告他姓名儿我就魂飞天外。一问他好不好，二问他来不来。还要问一问终身也，他情性儿改不改。

求 签

对神灵，拈香罢，忙把双膝跪。千祝告，万祝告，保佑我情人早归。大红袍一领还有猪羊祭，求得条上上的签在手，道人与我细细推。果应得灵签也，道人，我也做件皂袍儿相谢你。

魇 到

俏冤家，昨朝时，去得一溜。做一个魇到儿暗地里相留。把你一顶巾挂在帐勾儿，教他常拖逗。你虽是望前去，我偏要你就转头。难道我这样勾你也，你只是不回首。

自 怨

眼巴巴，望着我冤家一面。泪汪汪，镇日里眼不曾干。灯花鹊噪难凭断，除非梦儿里枕上得片时欢。不怨你的薄情也,只怨自己的缘分浅。

不 忘

俏冤家,我待你真心实意。全不料你待我面是背非,把恩情一旦都抛弃。两人心下里,自有老天知。明知你是个薄情也,我只是念念不忘你。

又一篇云:"假情儿调了千千万,假誓儿发了万万千,假泪儿流了无千无万。明知你都是假,就该丢你在一边。如何只半日的不来也,就望穿了奴的眼。"意亦同。

揉 枕

到三更,忽然间把枕儿揉碎。出人意表。一从枕了你,只做得半月夫妻。莫非是做时节时辰不利,另拣个好日子,再做个利市的。若得这个人来也,先把瘦腰儿犒赏你。

打丫头

害相思,害得我伶仃瘦。半夜里爬起来打丫头,丫头为何我瘦你也瘦。我瘦是想情人,你瘦好没来由。莫不是我的情人也,你也和他有。

揉枕打丫头,描写无聊极思,亦奇亦真。

打梅香

害相思,害得我伶仃样。半夜里爬起来打梅香,梅香为何我瘦你偏壮。梅香覆姐姐,你好不思量,你自想你的情人也，我把谁来想。

　　瘦又打，壮又打，如此难理会的姐姐，教做姐夫的也怕人。

叫梅香

相思病，害得我魂飘荡。半夜里坐起来叫梅香，你上床来捐起腿学我乖亲样。梅香道，姐姐，你也是糊涂的娘。没有那件东西也，娘，怎杀得你的痒。又该打。

　　俗矣。正以俗，故存之。

痒

这东西今夜里忽然作祸，是谁人撒下一把疥虫窠。痒来时透心肝，其实难过。抓抓还摇摇，懒懒又掩掩。便泼上飞滚的热汤也，只讨得外面皮儿的苦。

盼　归

喜蛛儿忽地在檐前挂。昨夜银缸上灯结蕊，今朝喜鹊儿喳喳，粉墙上画的又是成双卦。久矣他无信了，想是明日定还家。若果明日还家也，止守得今宵一夜寡。

　　这一夜更觉难过。

又

东君怪道无音耗。鸟不言，花不语，等瘦了梅梢。昨宵寒去想是他来到。朵朵花枝开笑脸，双双好鸟弄声娇。守过了二百七十日的凄凉也，春，你少不得也来了。

情人若比春一般来得稳，一百年也情愿等着。

心　事

心中事，心中事，心中有事。说不出，道不出，背地里寻思。左不是，右不是，有千般不是。虽有姊和妹，有话不相知。怎能够会一会冤家也，我的心儿才得死。

药　名

红娘子，叹一声，受尽了槟榔的气。你有远志，做了随风子。不想当归是何时，续断再得甜如蜜。金银花都费尽了，相思病没药医。待他有日的茴芗也，我就把玄胡索儿缚住了你。

又

想人参最是离别恨。只为甘草口甜甜的哄到如今，因此黄连心苦苦里为伊担闷。白芷儿写不尽离情字，嘱咐使君子切莫做负恩人。你果是半夏的当归也，我情愿对着天南星彻夜的等。

又

你说我，负了心，无凭枳实。激得我蹬穿了地骨皮，愿对威灵仙发下盟誓。细辛将奴想，厚朴你自知。莫把我情书也，当做破故纸。

凡以曲名牌名扭捏成篇者，俱无足采。此三篇入药名，颇称能品，故录之。因记昔年与友辈夜酌，余以《四书》句配药名为令，一时想路，多有奇绝。岁久都忘，聊识其存臆者于左：三宿而出昼——王不留行。管仲不死——独活。曾皙死——苦参。天之高也——空清。吾党之小子狂简——当归。禅谱草创之——藁本。出三日——肉从容。居其所而众星拱之——天南星。七八月之间旱——半夏。小人之德草——随风子。舟车所至——木通。以正不行，继之以怒——苟子。孩提之童——乳香。兴灭国，继绝世——续断。若决江河——泽泻。亡之命矣夫——没药。楚狂接舆歌而过孔子——车前子。有寒疾——防风。涅而不淄——人中白。胸中正——决明子。桃之夭夭——红花。邦无道则可卷而怀之——蝉脱。夫人幼而学之——远志。

别部四卷

送　别

　　送情人，直送到门儿外。千叮咛，万嘱咐，早早回来。你晓得我家中并没个亲人在。我身子又有病，腹内又有了胎。就是要吃些咸酸也，那一个与我买。

　　最浅最俚，亦最真。

又

　　送情人，直送到花园后。禁不住泪汪汪，滴下眼梢头。长途全靠神灵佑。逢桥须下马，有路莫登舟。夜晚的孤单也，少要饮些酒。

　　又《送商》一篇云："劝乖亲，休要在江湖上恋。纵经营千倍利，不如家里安闲，餐风宿水容颜易变。想茶茶不到口，想饭饭又不周全。到晚要自展那铺陈也，到天明还自要卷。"亦通。然不如"逢桥须下马，有路莫登舟"二语绝唱，即入之古乐府何惭？

又

　　送情人，直送到城隍庙。叫道人，开庙门就把香烧。深深下拜低低告。情人儿在心上转，签筒儿在手内摇。若得到底的团圆，菩萨，你便把上上的签来缴。

若是签果灵，神道也靠着篾片了。

又

送情人，直送到无锡路。叫一声烧窑人我的哥，一般窑怎烧出两般样货。砖儿这等厚，瓦儿这等薄。厚的就是他人也，薄的就是我。　　劝君家，休把那烧窑的气。砖儿厚，瓦儿薄，总是一样泥。瓦儿反比砖儿贵，砖儿在地下踹，瓦儿头顶着你。脚踹的是他人也，头顶的还是你。

后一篇，名妓冯喜生所传也。喜美容止，善谐谑，与余称好友。将适人之前一夕，招余话别。夜半，余且去，问喜曰："子尚有不了语否？"喜曰："儿犹记《打草竿》及《吴歌》各一，所未语若者独此耳。"因为余歌之。《打草竿》即此，其《吴歌》云："隔河看见野花开，寄声情哥郎替我采朵来。姐道我郎呀，你采子花来，小阿奴奴原捉花谢子你，决弗教郎白采来。"呜呼，人面桃花，已成梦境，每阅二词，依稀绕梁声在耳畔也。佳人难再，千古同怜，伤哉。

或问余："后篇番案佳矣，子尚能转一语否？"余随赋一篇云："据你说，烧窑人，教我怎么不气。砖儿厚，瓦儿薄，既是一样泥。把他做砖我做瓦，未为无意。便道头顶着我，到与你挡风雨。那脚踹的吃甚么亏，头顶是虚空也，脚踹是着实的。"

白石山主人又番案云："再劝伊，休把烧窑的气。砖做厚，瓦做薄，谁不道是一样泥。厚与他，薄与你，我自有个主意。顶戴你几番风水亏你遮盖了，踹定他不许人将他丢打你。我虽和你薄相处情长也,他厚杀也赶不上你。"

楚人丘田叔亦寄余番案一篇,出意更新。词云:"据我说,你与烧窑的不必心焦躁。砖儿厚,瓦儿薄,都是你两个自招。厚待薄待我原无他道。那砖儿自块块方正平实得好,那瓦儿一片片反覆又蹊跷。难道到教我厚那蹊跷的人儿也,把稳实的来薄了?"

田叔又自番二篇云:"听说罢,烧窑人愈加要气。砖儿瓦儿总都是泥。作好作恶也难容恕,把砖儿做平实了,把瓦儿做蹊跷。你既做出个平实蹊跷也,厚薄只得由着你。" 烧窑人听多时,向前施礼:"笑你个忒多心,也忒多疑。厚薄偏正我原无意。但砖体儿不得不平正,那瓦体儿又不得不蹊跷。若晓道不得不平正蹊跷也,又何必怨厚他薄着你。" 退周曰:"愈转愈妙,乃知文人之心浚于不竭。"

又

送情人,直送到丹阳路。你也哭,我也哭,赶脚的也来哭。绝奇。赶脚的,你哭是因何故?道是去的不肯去,哭的只管哭。你两下里调情也,我的驴儿受了苦。

赶脚者衣食于驴,倚之为命,故爱驴最真。今之情人,我未爱彼,先欲彼爱我;我爱彼,又恐彼不知我爱。务为爱征以博人欢,强为爱貌以避人议,而真情什无二三矣。名曰相爱,犹未若赶脚者之于驴也,妙哉。"赶脚的也来哭",语诙而意讽。送情人诸篇,此为第一。

又

送情人,直送到河沿上。使我泪珠儿湿透了罗裳,他那里频回首添惆怅。水儿流得紧,风儿吹得狂。那狠心的艄公也,又加上一把桨。

> 三合凑。

又

送情人,直送到黄河岸。说不尽,话不尽,只得放他上船。船开好似离弦箭。黄河风又大,孤舟浪里颠。远望舳竿也,渐渐去得远。

> 只写行人之景,而送行者之凄凉,隐然言外,文品最高。

寄　别

想家乡,不得已,匆匆别去。多一旬,少半月,又是来期。待相逢,慢慢把衷情叙。恨只恨舟师忙解缆,同行客伴催。不得亲面的相辞也,我央人拜上你。

泣　别

汗巾儿止不住腮边泪,手挽手,我二人怎忍分离。送一程,哭一程,把我柔肠绞碎。你在旅馆中休要思想着我,你身子儿瘦损又受不得亏。可怜半霎儿相看也,好似五更时梦儿里。

> 束句新。

初 别

玉人儿,辞别了径往他州去,撇下奴独自船舱内好不孤凄。知几时和你重相会。明月穿窗影,清风过柳溪。好一个良宵也,可怜只少了你。

忆 别

驾归舟,欲别去,使我情迤逗。怕分离,不由我痛泪交流,沉沉苦切从今受。旧游何日续,情恨几时休。我身子儿锁住在重门也,魂灵儿还随你走。

久 别

自从他那一日匆匆别去,到如今秋深后风雨凄凄。欲待要做一领衫儿捎寄。停针心内想,下剪自迟疑。这一向不在我身边也,近来肥瘦不知你。

或曰:"不知肥瘦,何不做了两件?"予笑曰:"看自己肥瘦便是样子。"

隙部五卷

捎　书
　　捎书人才出得门儿外，唤丫鬟替我去唤转他来。你见他时切莫说我将他怪。虽然他不是，我自有安排。若说破他的薄情也，惹得薄情心加倍歹。
　　　　不说破他，才由我安排。此妇的是老手。

糊　涂
　　来了去，去了来，似游蜂儿的身分。吃了耍，耍了吃，把我做糖人儿的看成。东指西，西指东，做出媒婆儿的行径。这是你负我我负你，你自去心问口口问心。休像那云密密的天儿也，雨不雨晴不晴糊涂得紧。
　　　　如今的交情，到是糊涂些耐久。

不希罕
　　想当初，这往来，也是两相情愿。又不是红拂妓私奔到你跟前，又不曾央媒人将你来说骗。你要走也由得你，你若不要走，就今日起你便莫来缠。似雨落在江心也，那希图你这一点。

发 狠

俏冤家，我与你恩深情厚。我纵与别人好，怎肯把你来丢。你为何恋新人忘了奴旧。我好劝你又不听我，我苦争你又怕结冤仇。不如狠一狠的心肠也，啐，各自去丢开了手。

说丢开，正是他不忍丢开处，所以佳。

杂 情

要丢开，我与你丢开了罢。你无情，你无义，又相处做甚么。说相思，话相思，都是闲话。今朝你向我，明日又向他。好似驿递里的铺陈也，切喻。赶脚儿的马。

这铺陈牲口，原有用得着时节，莫暴殄他。

负 心

俏冤家，我待你是金和玉，你待我好一似土和泥。到如今中了傍人意。痴心人是我，负心人是你。也有人说我也，也有人说着你。

语云："痴心女子负心汉"，然世不少痴心汉子负心女，以余所睹妓张润三郎一事，足兼之矣。张与贾人程某交善，许以必嫁。程惑之，为之破家。既已效郑元和下梢，不敢复窥张室矣。而张念之不置也。一夕，遇诸门，亟呼入，相持大恸。程具道所以不敢状，张自出青蚨具餐止宿。夜半，谓程曰："侬向以身许君，不谓君无赖至此！然侬终不可以君无赖故，而委身他姓。侬有私财五十金许，难得。今以付君。君可贸易他方，一再往，有赢利，便图取侬。侬与君之命毕此矣。"语达旦，空橐授之，珍重而别。

程既心荡，无复经营之志。贫儿骤富，馋态不禁，乃别往红楼市欢，可恨，可杀。罄其资而归，而张不知也。久之，复过诸门，居然窦子容耳。闻张呼，惊欲走匿。良心。张使婢阑之以入，叩其故。但云："中道遭寇，仅以身免，自怜命薄，无颜见若。"张悲愤甚，一恸几绝。程亦悔且泣，徐曰："业如此，当奈何？"张曰："此吾两人命绝之日也。生而睽，何如死而合。君如不忘初愿，惟速具毒酒，与君相从地下尔。"言讫，泪下如注。程不知所为，张迫之再，无已，潜取毒，毒酒以进。张且泣且饮，便倾半壶。程觉其有异，大恐，遽尽吸之。已而两人皆死。既死，鸨乃觉，从傍人教，割生羊取血灌张，张活。次及程，则无疗矣。盖毒性下坠，张先饮，味薄，故可起。亦天意所以诛薄幸也。程父讼之长洲江令。妙人。令廉得负心始末，乃责其父而释张。大是。当此时，张之名闻于一郡。郡之好事者咸往问疾，求识面以为荣。或呼为药张三，从所殉也；或称曰痴张三，谓其所殉非人也。张疾愈，郡人士争交欢之，声价颇隆。然性好豪狎，不誉荐绅，竟以此浮沉数年，无一大遇，聊随一卖丝者终焉。余尝有诗云："同衾同穴两情甘，鸩酒如何只损男。却笑世人不怕死，青楼还想药张三。痴心漫结死生期，松柏西陵别有枝。自是薄情应致死，交欢岂少卖丝儿。黄金销尽命如霜，红粉依然映画堂。一负生兮一负死，古丘空说两鸳鸯。"余谓张三赠金、伏毒二事都奇，所恨者毒酒无灵，不肯成全张三一个好名，使死而复苏，碌碌晚节，卒负死友，诚赘疣也。然使张死而程苏，其为赘疣又何如？而谓毒酒果无灵哉？余又闻一妓与所欢约俱死，欢信之，为具鸩酒二瓯，妓执板速欢饮，欢尽其一，因谓妓："汝何不饮？"妓曰："吾量窄，留此与君赌拳。"是彼一技。呜呼，自赌拳盛行，而张以情痴特闻。若死者有知，问张引药时，卖丝儿何在，恐张亦无解于独生也。则虽谓"痴心汉子负心女"可矣。

又

咱两个，说甚么心相对。常说道，有了我还有谁。哄得我上手时，你又把心儿昧。辜恩负义的贼，受了你许多亏。再不信你蜜罐里的砂糖也，绵花儿样的嘴。

又

骂一声，负心贼，你因何恋新忘旧。那一日，看上了你，只为你温柔。谁知你绵里藏机毂。我一时在人前夸你的好，今日覆水好难收。教我一面耐你的亏心也，一面耐傍人的口。

一云："骂一声，负心人，你因何恋新忘旧。想当初，看上了你，只爱你温柔。谁知道爱温柔，反被温柔引诱。早知你温柔不耐久，我怎肯把身子儿陪伴你这薄幸囚。耽误了终身也，把是非儿落在他人口。"一云："早知你温柔不耐久，怎肯那夜好担羞。被你弄软了我的坚心也，半路上丢开了手。"俱通。

又

耽惊受怕我吃你的累，近前来听我说向伊。来由你，去由你，怎么这等容易。你把交情事儿当做耍，既是当做耍，又相交做甚的。得了手便开交也，只怕那头上的不容你。

当做耍，便是负心。不当做耍，又是痴心了。头上的也管不得许多。

又

　　俏冤家,这几日眼孔儿有些大。俅不俅,睬不睬,冷落了咱。你干的事都在我心儿下。凡事留前后,劝你自斟酌。热灶里烧烧也,冷灶也要煠一把。

查　问

　　曾送你玉簪儿,戴也不戴?曾送你青丝带,可曾系来?曾送你汗巾儿,在也不在?曾送你一把销金扇,曾送你一只半新不旧的红睡鞋。这几件要紧的东西也,如何问着你佯不睬?
　　　"半新不旧","不"字佳。旧云"半新半旧",便无味了。这几件东西,都没要紧,要紧的不在这几件东西。

又

　　负心人,这几日你在谁家睡?风月中,那有你这样薄幸贼,教奴家念得舌尖儿碎。你难道喷嚏儿也不打一个,耳朵儿也不热一回。实实的招来也,冤家,莫讨费了嘴。
　　　又一只云:"床儿前,快快的双膝跪。唤丫鬟剥去了帽和衣,直招着昨夜在谁家睡。簪儿那里去了,汗巾儿送与谁?实实的说来,冤家,休得要博嘴。"大意亦同。

又

　　据你说,不曾在别人家去睡。你昨夜在谁家做甚的,今日里头垂足落贪瞌睡。出丑。开口问你你便慌得紧,没事为甚通红了面皮?现放着个真赃也,还要强什么嘴。

画出怕老婆影子。

又一篇云:"嘴唇上现有胭脂迹,鞋面上端的是小脚儿泥。浑身都染香薰气。枕痕儿尚在脸,鬓发儿不整齐。这几桩事儿都是实情也,你还要强着嘴。"亦可。

又

你今番出来迟,必有些缘故。脸儿红,气儿吁,为着甚么?罗裙不整露出花花裤。钮扣都松了,云髻一似老鸦窠。还要在我的跟前也,强把咒来赌。

醋

俏冤家,多谢你真心假意。明晓得你是把淡醋儿吃,你全然不想我当初恩意。那时节怎么起,凭着你心里知。任你去使性胡行也,我把冷眼儿瞧着你。

说到恩义,吃醋也不淡,使性也不妨。不切己,不吃醋;不相知,不使性。

又

自相交,不曾为吃醋,把闲言斗。要买你心,合你的意,只听你自由。谁知你习惯了迎新忘旧。今日和这个好,明日又把那个丢。过不得我的心儿也,把公道话儿才开口。

一云:"俏冤家,你与人厚,我明明知道。若是撚你酸,吃你醋，这是我不贤了。只是你忒不该这等情难料。厚的你自厚便了，又何须把我抛。我且忍气吞声也，看你两个儿到底好。"大意同。

又

俏冤家情性儿，我就拿你不定。瞒着我背地里，两下去偷情。缘何口应心不应。欲待打你又下不得手，骂你我又先自疼。我为你一团呕气在心中也，只得在心中暗自去忍。

既是心中忍得，不说更高。

又

我两人要相交，不得不醋。真真。千般好，万般好，为着甚么。行相随，坐相随，不离你一步。不是我看得你紧，只怕你脚野往别处去波。你若怪我吃醋捻酸也，你索性到撑开了我。

语语切至。中二句一云："不是怪你往热处走，只怕你把冷处疏。"太工了。

劝

俏冤家上前来，一言相劝。我和你相交时，比他在先。你待我比待他情儿觉冷淡。骑着两头马，踏着两头船。内有一个湾儿也，看你怎生样儿转？

不是乡党序齿，如何争个先后？

跳　槽

你风流，我俊雅，和你同年少。两情深，罚下愿，再不去跳槽。恨冤家瞒了我去偷情别调。一般滋味有什么好，新相交难道便胜了旧相交？匾担儿的塌来也，只教你两头儿都脱了。

又

记当初发个狠，不许冤家来到。姊妹们苦劝我，权饶你这遭。谁想你到如今又把槽跳。明知我爱你，故意来放刁。我与别人调来也，你心中恼不恼？

识　破

俏冤家，人说你无长爱。容易浑，容易好，容易丢开。你闪人，人闪你，好似六月债。人闪你恼不恼，便知你闪人该不该。识破你闪人的心肠也，只怕睬也没人睬。

又

俏冤家，你好似黄梅天行径。一霎时风，一霎时雨，一霎时又晴。说来的十句话到有九句不应，开口是瞒天谎，行动是假温存。识破你的行藏也，不由人心不冷。

缠　丢

想当初缠我因何意。缠上时丢了我又去缠别的，顿忘了在先时缠我的恩义。缠我又丢我，丢我又缠谁。你这等样的丢人也，只怕缠上的又丢了你。

骂

　　劣冤家，今日里与你说个的当。扭住在牙床上，狠骂一场。薄幸人，负心贼，一味将人欺诳。曾说下山盟和海誓，许我地久共天长。想起万语千言也，你说那一句依前讲？

怕　闪

　　风月中的事儿难猜难解，风月中的人儿个个会弄乖。难道就没一个真实的在。我被人闪怕了，闪人的再莫来。你若要来时也，将闪人的法儿改。

　　　　或曰："有闪人心，方有闪人法。末句易'闪人的心肠改'如何？"余曰："风月中法儿最多。谚云：'只怕乖而不来，那怕来而使乖。'不闪人又不为人闪者，吾见亦罕矣。有闪人之法，因生防闪之法，又生防防闪之法。法法相生，闪闪莫悟，可悲亦可畏也。法儿其显者，人犹不知，况心乎？"

情　淡

　　来也罢，去也罢，不来也罢。此一计，也不是你的常法。真不真，假不假，虚将名挂。不相交，不烦恼；越相交，越情寡。着甚么来由也，我把真心儿换你的假。

又

　　想当初，骂一句心先痛；到如今，打一场也是空。实话。

相交一旦如春梦。人无千日好,花无百日红。想起往日的交情也,好笑我真懞懂。

《打枣竿》精神多在结句。此独以起句出人,洵为难得。

又

圆纠纠紫葡桃闸得恁俏,红晕晕香疤儿因甚烧。扑簌簌珠泪儿不住在腮边吊。曾将香喷喷青丝发,剪来系你的臂;曾将娇滴滴汗巾儿,织来束你的腰。这密匝匝的相思也,亏你淡淡的丢开了。

闸紫葡桃,亦北地惑人之法。

缘 尽

缘法儿尽了,心先冷淡;缘法儿尽了,要好再难;缘法儿尽了,诸般改变;缘法儿若尽了,把好言当恶言。怎能勾缘法儿的重来也,将改变的都翻转。

末二句南园叟所易。旧云:"缘法儿尽了也,动不动就变了脸。"不知已在诸般改变中矣。

是 非

论相交,我与你真心实意。被傍人谤了些闲是非,你缘何不与我争口气?相交还是我,过后悔时迟。说在你心中也,从不从由着你。大雅。

又

　　俏冤家，我与你和睦了罢。千不是，万不是，是我见差。劝多情不必记前番话。恨只恨搬唆的贼，我无端错听了他。我岂不谅你的情儿也，何必辨着真和假？

　　　　宛如对语。

又

　　你耳朵儿放硬了，休听那般唆话。我止与他那日里吃得一杯茶。行的正，坐的正，心里儿不怕。是非终有日，搬斗总由他。真的只是真来也，假的只是假。

又

　　俏冤家，我爱你心儿定。被傍人讲得你乱纷纷，是前生口舌债还不尽。讲便由他讲，我和你情真到底真。船到江心也，只要舵儿拿得稳。

又

　　俏冤家，进门来缘何不坐？晓得你心儿里有些怪我。这场冤屈有天来大。帮衬我的少，撺掇你的多。你须自立定主意三分也，休得一帆风怪着我。

　　　　此黄季子方胤作。又《哼调山坡羊》云："进门来寻我风流罪犯，怎知我心儿没一些破绽。三条路儿打中间径走，你不见有神灵知见。好笑你耳官罢软，轻信人言。你不记得曾参杀人，不记得颜回窃饭。常言道，舌头底下压死了人来也。呵，不明白的冤家,如同不下雨的天。天天,你说出话来傍人也是胆寒;天天,你坏了我的清名,坏不得我赤胆忠肝。"词亦佳,并存于此。

又

我两人好事只在朝和暮。被冤家谤坏了,顿起风波。从来的破姻缘天灾神祸。挑得我东一个西一个,就是杀父仇没这样毒。真毒。断送了我的前程也,还要背地里笑着我。

若是送得断的,毕竟还不是美前程,由他背地里笑可也。语云:"一时笑到老悼。"

又一篇云:"劝乖亲免愁烦,听咱说道。我为你受人谤非是一朝,这几日为什么你的足迹不到?你的恩情我时刻感,我的盟言你记得牢。恨只恨吃寡醋的傍人也,把我缘法儿断送了。"亦可。

自 明

奴不曾图你钱和钞,奴不曾图你名行儿高,奴不曾图你容和貌。只道你绵无刺,谁知你笑里刀。我这等样随和也,天,还说我不好。

又

你道我泪汪汪是妇人家水性,你道我剪青丝头又不疼,你道我害相思有谁来作证。你道我寄来哑谜都是假,难道烧香疤肉不疼。那一个肯与你投河也,又肯去奔井。

果肯,也自难得。

又

　　我若是假待你,对天发誓。我若是假待你,口儿里喷蛆。我若是假待你,烂出心肝肺。我若假待了你,就是人可欺天不可欺。我若今日欺心也,明日就见不得你。
　　说出来忒便当,定是养家咒。

閧

　　在行中,十分真只好当三分用。你如何一击击要打在鼓当中,怪不得动不动就是一场閧。本是墙花和路柳,怎免得浪蝶与狂蜂。我若依你说做得玉女贞娘也,连你也如何识面孔。
　　青楼中有三字经曰"烘哄閧",又曰"烘如火","哄如盅","閧如虎"。金樽檀板,绣幄香衾,馋眼生波,热肠欲沸,所谓烘也。粉阵迷魂,花妖醉魄,情浓若酒,盟重如山,哄人伎俩,兹百出矣。已而愿奢未遂,誓重难酬,寡醋谁堪,闲槽易跳,百年之约,一閧而止。故曰"十分真只好当三分用",识得此意,大落便宜。

淘 气

　　在先时,那一句不与你说到。到如今,常时的把气淘。忍不得,耐不得,亏你还笑。你笑我也不作准,老着脸还要絮叨叨。你这样为人还说是心好也,到怎么样才不好。
　　到不笑便是心不好。

夜 闹

明知道那人儿做下亏心勾当,到晚来故意不进奴房。恼得我吹灭了灯把门儿闩上。毕竟我妇人家心肠儿软,又恐怕他身上凉。且放他进了房来也,睡了和他讲。

  婉转可怜,虽怕他讲,亦不得不进房矣。

漏 言

俏冤家,睡梦里溜出句偷情话。我一字字,一句句,听得不差。半夜里摇醒了把你的谗谤骂。你身子儿近着我,你心儿里恋着他。你从今纵有百样儿温存也,百样儿都是假。

散 伙

耳朵儿扠住在床前跪,不信你精油嘴一味里嚼蛆。到如今眼见得虚情虚意。那扇子儿还了你,像个散伙。这汗巾儿是我的。你就说千万个不敢也,我只是不信你。

交 恶

歹冤家,只今日便与你拆帐。也是欠下了前生债,与你相交这场。到如今懊悔千千万。我的亏也吃勾了,早开交便如脱祸殃。你就是再世的潘安也,我也决不将你想。 歪了头,休得要把言词讪。我的好处多,歹处少,莫把心瞒。也是我恶星辰撞你这冤魂帐。普天下不断了妇人的种,要开交便开交有什么难。你就是再世的西施也,我也决不将你想。

  末二句,或前云:"便做道寡了这终身也,决不将你想。"后云："我就做了一世的鳏夫也，决不将你想。"亦可。

扯汗巾

这两日，松了你，你就有些作怪。衣袖里洒出条汗巾来。小字儿现写着，你还要赖。快快的说与我，莫讨我做出来。就扯做个条儿也，这冤仇还未解。

又

汗巾儿，汗巾儿，谁人扯破？快快说，快快说，不要瞒我。若还不说就有天大的祸。汗巾儿人事小，汗巾儿人意多。作贱我的汗巾也，如同作贱我。

每见青楼中，凡受人私饷，皆以为固然，或酷用，或转赠，若不甚惜。至自己偶以一扇一帨赠人，故作珍秘，岁月之余，犹询存否。而痴儿亦遂珍之秘之，什袭藏之。甚则人已去而物存，犹恋恋似有余香者，真可笑已。余少时从狎邪游，得所转赠诗帨甚多。夫赠诗以帨，本冀留诸箧中，永以为好也。而岂意其旋作长条赠人乎？然则汗巾套子耳，虽扯破可矣。

戴 花

这花儿，是谁人与你插戴？这花儿，打从何处来？看起来古怪真古怪。实实从头说，快快除下来。决不与你干休，冤家，佛也劝不解。

自 悔

这几日,与冤家有些儿说话。他不来便不来,我也不服气去叫他。气头上说了他几句生疏话。便做十分到是我不是,那三分才怪他。早知你便开交也,可怜。我也认什么真和假。

恕 罪

俏冤家,进门来,把闲言斗。说得我低着头满面娇羞。千不是,万不是,我的年纪幼。若有姊妹情,把前言一笔勾。闲话儿丢开也,你照旧来走走。

照旧来走,只怕照旧有闲话。

又

俏冤家,进门来,冲冲发怒。这几日不见来,原来是怪奴。论为人那个无些蹉。歹的日子少,好的日子多。便做道十二分的不是也,乖,你将就将就我。

心 虚

远远的望见我冤家到,见他的动静有些蹊跷,使奴家心里突突跳。不合我做了亏心事,被他瞧破怎么好。且昧着心儿也,罢,拼着和他搅。

既昧了心,搅他做甚?拼着和他搅,毕竟心不容昧。又曰"我纵与别人好,怎肯把你丢",真心中之亏心。"拼着和他搅",亏心中之真心。

归迟

薄情的，这时候方才来到。拥香衾和绣枕，只做睡着。耳根边当不起千般咶噪：下次不敢了，权恕我这一遭。偷眼的瞧他也，好笑又好恼。

又

问着你哪里来，你把闲行来答应。既闲行，没甚事，为甚摸到三四更？不信道撞寡门吃寡茶，有这般高兴。今后就是闲行走，也须与我说一声。若过了黄昏也，我定不将伊来等。

请了，此处不留人，更有留人处。

歪缠

俏冤家，这几日全不见面。问着你，低了头不回言。直直的说来你在谁家恋。冤家好大胆，反来歪死缠。扯住我罗裙也，忙把房门儿掩。

掩门后，毕竟还发作否？

管

难丢你，难舍你，又难管你。不管你，恐怕你有了别的；待管你，受尽了别人的闲气。我管你，又添烦恼；我不管你，又舍不得你。你是我的冤家也，不得不管你。

嗔妓

俏哥哥，我分付你再不要吃醉，今日里缘何吃得醉如泥？

陪你的想是个青楼妓。我且饶了你,你也要自三思。他若果有你的心肠也,怎舍得醉了你。巧言。

又

痴乌龟,没来由,接一个歪妓。止无过唱些曲,吃些酒,赞他做甚的。见了他面前来不由人不气。他容貌也只这等,体态又欠整齐。你就爱杀他的喉咙也,枕儿边用不着你。

闻先辈云:四十年前,吴下妓者皆步行,使后生抱琵琶以从,见士大夫及武弁,俱行稽首礼。近来此风,惟北地庶几犹存,而南国若扫矣。吴下其尤也,娼不唱,妓不伎,略似人形,便尊之如王母,誉之如观音,颐指气使,靡不俛从。曲中稍和一两字,相诧以为凤鸣鸾响,跪拜不暇。又不然,则曰某也品胜,某也人良,而龌龊青楼,遂无弃物。取之弥恕,其质弥下;奉之弥甚,其技弥拙。而所谓抱琵琶过船者,仅归之弹词之盲女与行歌之丐妇。名娼名妓,实赘乞之不若矣。诚得一有喉咙者,何妨爱杀。妒妇之口,吾未敢信。

寄　夫

等冤家,盼冤家,冤家不到。写家书,寄家书,珠泪抛。千拜上,万拜上,我的亲夫知道。当初恩爱得紧,如今把奴抛。不是自己的亲妻也,睡杀有什么好。

若说好都好,若说不好都不好。

多 心

你与我厚一场，非同陌路。没来由讲是非，好似平地风波。若果是有差池，天灾神祸。我的挫处没半点，你的心肠也忒煞多。莫不是你到有些跷蹊也，反把闲话儿笼着我。　初相交，指望你一心一路。到如今，眼面上就做工夫。偷铃掩耳瞒我不过。你的挫处也不为少，我的心肠也不算多。还只是自己的差池也，莫把恶话儿肮脏我。

男 风

痴心的，悔当初错将你嫁，却原来整夜里搂着个小官家。毒手儿重重的打你一下。他有的我也有，我有的强似他。你再枉费些精神也，我凭你两路儿都下马。

> 男风之说，《素问》已及之，其来远矣。然破老破舌分戒男女，未有合而一者。迩年间往往闻女兼男淫，亦异事也。适有狎客述夫人自称曰"小童"，题破云："即夫人之自称，而邦君之所好可知矣。"可发一笑，因附记此。

怨部六卷

假相思

秃癞痢,梳了个光光油鬓;缺嘴儿,点了个重重的朱唇;齇鼻头,吹了个清清的箫韵。白果眼儿把秋波来卖俏,哑子说话教聋子去听。薄幸人儿说着相思也,这相思终欠稳。

真相思人煞有薄幸处,薄幸人煞有真相思处,莫要一例看人。

怪

劣冤家,休把我做三岁孩儿待。你说乖,你说巧,谁是个痴呆。动不动恶言语就把人来怪,你怪我也不打紧,要撒开时便撒开。终不然我趋奉得你多般也,你做得这般样的骀。

告 诉

告诉你爹,这薄幸子一定不忠不孝;告诉你友,这薄幸人休要相交;告诉你妻,这薄幸夫也须留心防着。告诉普天下掌祸福的神灵听,这样薄幸贼莫恕饶。再告诉他日做墓志的官人也,莫把他薄幸名儿除掉了。

昔人云:"随你清如伯夷,少不得一篇极恶的文章送归林下;随你恶如盗跖,少不得一篇极好的文章送归地下。"盖指弹章与墓志也。润笔到手,薄幸亦是德行一款矣,告诉何益?

强　留

俏冤家,说声去,当真要去。看你急忙忙,慌速速,全没些殷勤的意儿,千方百计留不住。我平时怎么样看待你,你暗地里也要自三思。就是一块石头也,我抱也抱热了你。

像了石头,便抱热也没用。

数归期

数归期,数得我指尖儿痛。若数得他归来了,这是痛有功。到如今,不归来,你痛成何用。他若不把归期来哄着我,为甚的一日间数上他几百通。骂一声薄幸的冤家也,就是指尖儿也被你哄。

记　日

从他去,不问无灵卦。只把那金簪儿在纸窗上插,一日不来插上他一下。从头细细数,数了一百八。为你这冤家也,准准守了六个月的寡。

尽造得节妇牌坊了。问:"何以故?"曰:"曾守过六个月真寡。"

黑　心

俏冤家一去了,无音无耗。欲待要把你的形容画描,几番落笔多颠倒。你的形容到容易画,你的黑心肠难画描。偶落下一点墨来也,到也像得你心儿好。

仙笔不落人想。

无　信
玉人儿一去了，奴受千般孤另。约定桃花放，李花开，便是回程。望断水中鱼，沙中雁，不见愁中信。划损雕阑巧，消磨了几黄昏。好似断线的风筝也，全不见些儿影。

见　书
这封书见了，不由人不气。说来时又不来，这话儿眼见得虚，那些个有缘千里能相会。亲口说的话儿还不作准，这几个草字儿要他做甚的。寄语我薄幸的情郎也，把这巧舌头收拾起。

寄　信
遇宾朋，就把我冤家来问。为甚的一去了杳无信音，想他又与他人近。烦君对他讲，说我骂他是薄情人。再一日不来也，怪不得我心肠冷。亦雅。
　　寄语情哥，乘热快来。

悔　交
悔当初，错走了一条路。到如今，凄凉景，历尽了多少风波。我一心中有万种愁无人诉。也是命里该如此，教我受折磨。有限的姻缘也，到吃了无限的苦。

又
想当初，不相交，其实妙。也无愁，也无恼，也不心焦。到如今，作事多颠倒。薄幸心肠狠，一去不来了。恩爱了一场也，不曾博得你半分好。

狠

俏冤家，你好口应心不应。我待你其实是一点真心，你一笤帚扫得我干干净净。花落还有影，水流太无情。我想普天下人儿也，头一个是你狠。

末二句，一云："若不生我这样痴人也，十个也心肠冷。"亦有情。

心 变

做梦儿，也不想你心肠改变。我也曾有好处在你先前，谁知你忽地里将他人恋。恨只恨我无眼，我也再不敢埋怨着天。忘了我的恩情也，保佑别人儿将你闪。

此是常事，不劳保佑。

又

做梦儿，也不想你心肠改变。在先时，人笑我，今日果应其言。想当初你话儿到也说得活龙活现。我把真心儿待着你，你原来把假意儿缠。负了我的真心也，天，现报在我的眼。

唐女冠鱼玄机诗云："易求无价宝，难得有心郎。"观《心变》二只，益信。

咒

我为你耐着心，含着苦，淘尽多少气。我为你思着前，想着后,何日有个了期。我为你拼着做,强着口,顾不得傍人议。我为你要讨好又偏着你恼,我为你费尽心你总不知。你若负了我真心也,咒也咒死你。

又

活冤家,受尽了千般气。瞒得我,瞒得人,瞒不得天知。那一个负心的教他先归阴去。我只指望一竹竿直到底,谁知哄得我上楼时,你便拆去了梯。我没奈何你这冤家也,只顾烧香咒骂你。

<small>有客自蜀挟一妓归,蓄之别室,率数日一往。偶以病少疏,妓疑之,客作词自解,妓即韵答以《踏莎行》云:"说盟说誓,说情说意,动便春愁满纸。多应念得脱空经,是那个先生教底。不茶不饭,不言不语,一味供他憔悴。相思已自不曾闲,又底得工夫咒你。"更奇。</small>

恨 天

谯楼一鼓,一声声敲,一声声风透。南来雁,一声声叫,一声声离恨愁。曾记得月儿下,灯儿前,一声声罚咒。你的咒儿一声声都变做了假,我的咒儿一声声都变做了羞。恨煞那不挣眼的皇天也,就在卓儿上拍一拍手。

告 状

鬼门关,告一纸相思状。不告亲,不告邻,只告我的薄幸郎。把他亏心负义开在单儿上。欠了我恩债千千万,一些儿也不曾偿。勾摄他的魂灵也，在阎王面前去讲。

　　末二句，一云："那一个掌情事的灵神也，听我把冤情细细讲。"亦可。然首句曰"鬼门关"，则"阎王面前"较确。

又

猛然间，发个狠便把冤家告。等不及放告牌往上跑，一声声便把青天叫。告他心肠易改变，告他盟誓不坚牢。奴有无限的冤情也，只恨状格儿填不了。

比　方

比你做水花儿聚了还散，比你做蜘蛛网到处去衔，比你做锦揽儿与你暂时牵绊。比你做风筝儿线断了，比你做匾担儿担不起你不要担。就比你做正月半的花灯也，你也亮不上三五晚。

又

同心带结就了，被刀割做两半。双飞燕遭弹打，怎能勾成双。并头莲才放开，被风儿吹断。青鸾音信杳，红叶御沟干。交颈的鸳鸯也，被钓鱼人来赶。

从　良

铁心肠一径自从良了去。做梦儿也不想你要嫁渠，又不知那一件中了你意。从良的有千千万，没像你从得奇。好似大风里的杨花也，一阵就不见了你。

又

　　铁心肠一径自从良了去。你只道从良好，不到得吃亏。那从良的十人中到有九人翻悔。男子汉心易变，大娘子醋易吃。你若过了七日三朝也，只怕规矩儿重立起。实话。

又

　　铁心肠一径自从良了去。多少人从不了，这也是个常规。求天拜地作成个机会。或是夫妻们斗寡气，或是朋友们搬是非。不是咒你的分离也，只为舍不得分离你。

又

　　铁心肠一径自从良了去。你名誉高，年纪小，忙做甚的。把好风光一旦都抛弃。不记得吹箫同度曲，不记得剪烛共弹棋。对着那明月清风也，难道一点念头儿都不起。

又

　　铁心肠一径自从良了去。做偏房，要小心，受多少矜持。那假逢迎诈鹘突怕不是你的长技。好。睡迟还起早，妆扮要老成些。只怕你还是平日的娇痴也，教我颠倒愁着你。

又

　　铁心肠一径自从良了去。你与我往常间说尽了话儿，谁知道到如今造下拖刀计。曾被买糖人骗了，再不信口甜的。想起往日的恩情也，呸，分明是白日见了鬼。

　　　不曾被他迷杀，侥幸侥幸。

感部七卷

春

孤人儿最怕是春滋味。桃儿红,柳儿绿,红绿他做甚的。怪东风吹不散人愁气。紫燕双双语,黄鹂对对飞。百鸟的调情也,人还不如你。

又

到春来,斜倚定秋千架。骂一声,天涯外薄幸的冤家。好时光一刻千金价。两两莺穿柳,双双蝶恋花。着甚么来由也,活教人守寡。

又

去年的芳草青青满地,去年的桃杏依旧满枝,去年的燕子双双来至。去年的杜鹃花又开了,去年的杨柳又垂丝。怎么去年去的人儿也,音书没半纸?

又《春暮》一篇云:"恨一宵风雨催春去。梅子酸,荷钱小,绿暗红稀,度帘栊一阵阵回风絮。昼长无个事,强步下庭除。又见枝上残花也,片片飞红雨。"亦通,未免有文人之气。

秋

秋风清，吹不得我情人来到。秋月明，照不见我薄幸的丰标。秋雁来，带不至我冤家音耗。只怕秋云锁巫峡，又怕秋水涨蓝桥。若说起一日三秋也，不知别后有秋多少。

又一篇云："孤人儿怕的是秋来到，怕的是金风儿将窗子敲，怕的是明月儿将奴照。怕的是寒蝉噪，怕的是黄叶飘。怕的是促织儿呼雌也，一声声叫到晓。"

冬

三冬天，受不得凄凉况。雪花飘，雨花飘，风儿又狂。夜如年，独自个无人伴。拥炉偏觉冷，对酒反生寒。便有那绵被千重也，可是孤眠人盖得暖。

月

闷恹恹，独坐在荼蘼架。猛抬头，见一个月光菩萨。菩萨，你有灵有圣，与我说句知心话。月光华菩萨，你与我去照察他。我待他是真心，菩萨，他到待我是假。

不雕琢而味足，求之举子业，其成弘之间乎？

拜月

焚炷香，等待那瑶台月上。对嫦娥深深拜，诉我的凄凉。可怜见小书生没个人相伴。嫦娥开言道：读书人不忖量。你诉你的凄凉也，教我的凄凉对谁讲。

风

　　风儿风儿，你便停息了罢。铁马儿铁马儿就是我的冤家，絮叨叨不住的在我檐儿下。往常时不见响，是谁来拨动他。明知我孤单也，风，你便故意将奴耍。

又

　　风儿，为甚不住的长吁气。莫不是虚空里也有什么负心的，因此上气冲冲惊天动地。风儿，劝你休要恼，亏心的料也从今不敢亏。若是依旧的亏心也，难怪你豁刺刺重吹起。

雨

　　雨儿雨儿，你偏向愁人滴。一点点滴得我好不孤凄，银灯懒灭和衣睡。雨呀，你便不住在檐头下溜，我的泪珠儿也不住在枕上垂。同滴到天明，还是泪珠儿多是雨。

　　　又一篇云："到黄昏独自个只有孤灯为伴。听雨声儿一点点随珠泪双悬。那风声儿一阵阵间着千声长叹。此际空闺人寂寞，教奴转听转心酸。问天有甚关情也，滴这相思泪万点。"通篇俱旧，而结语可观。

风　雨

　　老天不肯随人意。这样风，那样雨，要他做甚的。把情人阻住在中途内，愁他身上冷，怕他腹中饥。倘若有些差池也，天，我就抱怨杀了你。

又

玉人儿久不会，我的归心如箭。怪狂风和骤雨，阻住在前川。老天怎不行方便。东风连日紧，教我怎行船。有的是西风，天，你扶持我一两晚。

牛　女

闷来时，独自个在星月下过。猛抬头，看见了一条天河，牛郎星织女星俱在两边坐。南无阿弥陀佛，那星宿也犯着孤。星宿儿不得成双也，何况他与我。

> 文有一字争奇，便足不朽者。如云："牛郎星织女星在两边坐"，"壁虎儿得病在墙头上坐"，一"坐"字俱用得奇，堪与唐诗萤火、黄莺并称脍炙。而《打枣竿》中尤为难得。正如孺子之歌，偶然合拍，若有心嵌入，便成恶道。

茉莉花

闷来时，到园中寻花儿戴。猛抬头，见茉莉花在两边排。将手儿采一朵花儿来戴。花儿采到手，花心还未开。早知道你无心也，花，我也毕竟不来采。

> 知那一朵花无心，还是贪花人性急。

促　织

促织儿，没来由，在窗儿外噪。是何人，教唆你，絮叨叨。我孤眠独坐多焦躁。忙叫丫鬟起，铜盆水去浇。浇不出他来也，你再把棒儿捣。

鸡

　　俏冤家一更里来，二更里耍，三更里睡，四更里猛听得鸡乱啼。挦毛的你好不知趣，五更天未晓，如何先乱啼？催得个天明，鸡，天明我就杀了你。

　　　　杀鸡正好请俏冤家。但恐来朝失晓，反惹是非耳。

又

　　五更鸡，叫得我心慌撩乱。枕儿边说几句离别言，一声声只怨着钦天监。奇。你做闰年并闰月，何不闰下了一更天？日儿里能长也，夜儿里这么样短。

　　　　末二句，一云："这样掌阴阳的官儿也，削职还该贬。"亦佳。

鼠

　　害相思，独自个和衣卧。合着眼，指望郎梦里经过。恨杀那老鼠儿作神作祸。想郎难见面，望得我眼儿枯。梦儿里相逢，老鼠，你兀自不容我。

　　　　觉后更难为情，不如不梦，老鼠真趣物也。

猫

　　绣房中忽听得猫儿叫。高一声，低一声，叫上几百遭。雌的不肯雄的要。姐姐抽身起，这雌猫到官。偷把眼儿瞧。瞧散了那猫儿也，不觉罗裈儿湿透了。

又

纱窗上乱写的都是人薄幸。一半真,一半草,写得分明。猫儿错认做鹊儿影。爪去纱窗字,咬得碎纷纷。薄幸的人儿也,猫儿也恨得你紧。

雁

正抬头,忽见那衡阳雁至。一行行,一队队,嘹呖南飞。眼见得你是个薄情夫婿。你知道他回来便,竟没有半行书。等待那鸿雁春归也,我也无书寄与你。

  一行行雁都是情书,恐锦字撩人,未必胜此。

  一云:"孤雁儿,一声声在天边嘹呖。告雁儿,略停翅。奴有纸音书,相烦寄到天涯去。他住在云山烟树外,流水小桥西。切莫要差池也,回来深深拜谢你。"亦通,然少婉曲。

听箫

闷恹恹,纱窗外把栏杆斜靠。猛听得,谁庭院品着玉箫。呜呜咽咽吹出凄凉调。不听不烦恼,转听转心焦。想起我的情人也,比你又吹得好。

  情人耳内出佳音。

画

玉人儿,你好似一幅单条画。隔重山,隔重水,隔着天一涯。好教我终朝静夜长悬挂。雁飞书不到,树远路途赊。就是有个人儿也,怎能勾唤起同顽耍。

书 声

绣房儿正与书房近。猛听得俏冤家读书声，停针就把书来听。"汤之《盘铭》曰：苟日新，日日新，又日新。"奇绝。圣人的言语也，其实妙得紧。

断章取义，好个聪明妇人，强似老学究讲书十倍。

单

单卓儿，单椅儿，单单独坐。单床儿，单帐儿，单单被窝。单形儿，单影儿，打点单单独卧。百般话儿单自想，这五更天单自过。我笑别人的孤单也，今日孤单人也笑着我。

孤

孤人儿受尽了孤单情况。孤衾儿，孤枕儿，独守孤房。孤鸾孤凤孤鸳帐。孤灯对孤影，孤月照孤窗。忽听得天上孤雁孤鸣也，又听得孤寺里孤钟响。

咏部八卷

月

青天上月儿恰似将奴笑。高不高,低不低,正挂在柳枝梢。明不明,暗不暗,故把奴来照。清光你休笑我,且把自己瞧。缺的日子多来也,团圆的日子少。

花

惜花哥,莫讨尽花儿债。他的声价高,颜色好,自然难养难栽。温存些,才讨得花儿戴。频浇频荫水,功到自然开。香喷喷的花儿也,还得个娇滴滴的人来采。

又

绣球花,情性滚,拿你不定。玉簪儿外面好,里面是虚情。芙蓉花寂寞为你忧成病。梅花清瘦了,并头莲两下分。好似水面上的杨花也,浪宕没些定准。

花 名

我与你月月红,寻欢寻乐。我与你夜夜合,休负良宵。我与你老少年,休使他人含笑。休为十姊妹,使我美人焦。

便做道你使尽金钱也,情愿与你唱杨花同到老。

果

　　李桃儿,两眼双垂泪。樱桃口,骂一声你是薄幸贼。吃橄榄竟不想回头味。学水梨心肠冷,我莲心苦自知。你做了十榛九空似这样虚头也,恨不得胡桃般就打碎了你。

叶

　　柳叶儿,我为你双眉频皱。藤叶儿,我为你缠在心头不能勾。竹叶儿空心自守。红叶儿题诗句,荷叶儿泪珠流。怎能似茶叶儿和你团圆也,团圆共一篓。巧。

杨　花

　　俏冤家,情性儿,好似三春柳絮。轻狂性,随着风,往各处飞。乱纷纷,飘荡荡,没有个主意。风向东,你便东,风向西,你便西。只怕流落在泥涂也,那时风儿也不睬你。

又

　　为风流,顾不得恁般狼狈。逐红尘,趁紫陌,竟不思归。着人容易抛人去。你道会走滚,少不得也沾泥。似这般轻薄的人儿也,怪不得飘流了你。

花　蝶

　　花道蝶:你忒煞相欺负。见娇红嫩蕊时,整日缠奴。热攒攒，轻扑扑，恋着朝朝暮暮。把花心来攒透了，将香味尽尝过。你便又飞去邻家也，再不来采我。　　蝶回花：非是我无情无义。只为你情性儿不耐久，雨妒风欺。昨夜鲜，今朝淡，明朝落地。你的香魂既随流水去，我这里墙外又有好花枝。你若守得定往日这点春心也，我怎么不采你。

墙花浪蝶，正堪作配，勿相埋怨。

荷

荷叶上露水儿一似珍珠现，是奴家痴心肠把线来穿。谁知你水性儿多更变。这边分散了，又向那边圆。没真性的冤家也，活活的将人来闪。

粽 子

五月端午是我生辰到。身穿着一领绿罗袄，小脚儿裹得尖尖趫。解开香罗带，剥得赤条条。插上一根梢儿也，把奴浑身上下来咬。

字字肖题，却又自然，咏物中最为难得。

桃 子

桃子儿生得多清秀。红又红，白又白，长在枝头。几番要采你不能勾。墙高人又矮，欲要偷一偷。等待你熟时也，方才好下手。

等待熟时，又怕先蛀了。

甘　蔗

甘蔗儿是奴心所好。猛然间渴想你，其实难熬。唤梅香是处都寻到。爱他段段美，喜他节节高。只怕头儿上甜来也，梢儿又淡了。

　　后四句或改云："着了口甜如蜜，粘着手厚如胶。只防他心里虚空也，到梢来渐淡了。"非不切题，却欠自然。

藕

藕儿好一个嫩白的肌体，深深的住在若耶溪。那采莲人特地寻你来至。可惜你不断丝儿连到底，可惜你未开的窍儿裹着皮。被那硬手的人儿拿着也，把你从头刮至尾。

瓜　子

瓜子儿，初出头便遭人吐弃。为你情儿滑，脸儿厚，丢放你在通衢。有缘法遇着个好磕牙的子弟。不知费了多少唇和舌，你的身子儿才脱离。图得个出身也，把旧时的瓜葛情都阁起。

橄　榄

橄榄儿穿一领绿罗裳，半新半旧。两头尖，好一似金莲的凤头。肌肤儿又生得不肥不瘦。你浑身的意味真可口，那知味的人儿怎肯丢。直弄到硬核儿的光光也，还拿住你不放手。

扇　子

扇子儿,自那日与箭郎相订。只道你会偷情,一片热心,谁知你情性儿飘摇不定。骨格又不多重,到处去卖风情。只怕你随着人的炎凉也,仍旧的将奴冷。

旧一篇云:"扇子儿飘飐飐,你好魂不定。要拘管你,下跟头箭个钉。相交中偏怪你有炎凉性。冷时就撇了我,热时又温存。亏我情长也,耐得你热和冷。"亦可。

又

扇子儿,我看你骨格儿清俊。会揩磨,能遮掩,收放随心。摇摇摆摆多风韵。你一面儿对着我,谁知你一面儿又对着人。为你有这个风声也,气得我手脚俱冰冷。

兔　毫

仗兔毫,寄与我情郎知道。我爹娘全不顾两下相胶,千笔架万笔架妆成圈套。好个钱玉莲。我一砚相从你,到被他拘管牢。墨头仃倒的相思也,怕花笺写不了。

网　巾

网巾儿,好似我私情样。空聚头,难着肉,休要慌忙。有收有放,但愿常不断。抱头知意重,结发见情长。怕有破绽被人瞧也,帽儿全赖你遮藏俺。

极贴切。惟贴切,愈远自然,当是书生之技。

网巾带

巾带儿,我和你本是丝成就。到晚来不能勾共一头,遇侵晨又恐怕丢着脑背后。还将擎在手,须要挽住头。怎能勾结发成双也,天,教我坐着圈儿守。

牙　梳

牙梳儿,生得秋月样。是谁人揎得你脊背儿光,美女们顶你在头尖上。住的是香房内,伴的是懒梳妆。俐齿伶牙也,抓着人的痒。

木　梳

木梳儿,我爱你齿牙干净。从小儿梳笼你,要你不染纤尘。向妆台设个誓,愿得白头相并。靠着镜儿为照证,谁知你油滑太无情。把结发生梳也,到将他人的鬓儿整。

牙　刷

牙刷儿,身材短,刚刚五六寸。穿一领香喷喷绿背心,一条骨子儿生成的硬。短髯松一搭毛儿黑,光油油好一个下半身。专与那唇齿相交也,每日里擦一阵儿爽快得狠。

消息子

消息子,我的乖,你识人孔窍。揰身进,抽身出,翘上几遭。捻一捻,眼朦胧,浑身都麻到。捻重了把眉头皱,捻轻时痒又难熬。捻到那不痒不疼也,你好把涎唾儿收住了。

又

消息子，都道你会挡人的趣。疼不疼，痒不痒，这是甚的？寻着个孔窍儿你便中了我意。重了绞我又当不起，轻了消我又熬不得。睡梦里低声也，叫道慢慢做到底。

夜　壶

夜壶儿，提携你，只贪你个不漏。每夜里，且喜得近我床头。经几度梦回时，和你床沿上成就。我把真心肠付与你，你须一口儿承受，休得半路上丢。你是我救急的乖亲也，怕那臭名扬须闭着口。

镜

结私情，好似青铜镜。待把你磨得好，又恐去照别人。你团圆不管人孤另。知人只知面，知面不知心。当面儿的分明也，你背后昏得紧。

当面分明，亦算好镜了。

一云："冤家的好似青铜镜。指望你常见面，怎的倒去照别人。总然见面都是虚帮衬。你当面明白得好，转背又便昏。真是反面无情也，放下了就不见你影。"亦可。

又

镜子儿，亏你每日看人面。欢喜你磨弄你放你在跟前。烦恼你，昏迷了就不容你见。往时相照顾，指望永团圆。有什么不足也，常时要变了脸。

又

镜子儿,自梳笼,与你时常相见。想当初同欢面也共愁颜,到如今埋灭我又不明不暗。热气儿不敢来呵你,缘何问你再不回言。想必又有个人儿也,因此上变了脸。

又

镜子儿,你忒煞恩情浅。我爱你清光满体态儿圆,那一日不与你相亲面。我闷你也闷,我欢你也欢。转眼见他人也,你又是一样脸。

古镜谜云:"南面而立,北面而朝,象忧亦忧,象喜亦喜。"绝佳。此篇可谓善脱化矣。

又

镜子儿,一块儿,团圆得妙。没来由,跌破了,两下开交。似一钩残月在天边孤照。待要凑合你又凑不上,待要抛下你又不忍抛。还是寻一个铸镜人儿也,重新铸一铸好。

金 针

金针儿,我爱你是针心针意。望着你眼儿穿,你怎得知。偶相逢,怎忍和你相抛弃。我常时来挑逗你,你心肠是铁打的。倘一线的相通也,不枉了磨弄你。

字字关生,可与《粽子》作双美。

又一篇云:"你在纱窗下,不住的穿来过去。引得人眉儿留,目儿恋,费尽了心机。并头莲,双飞燕,绣出随人意。虽然拈着手,转眼便抛离。未确。你是铁打的心肠也,不如不缝着你。"末句亦通。

并 刀

并刀儿,我爱你双头趣。骨头坚,性儿快,裁剪随机。长长短短如人意。中心锁得紧,两股不相离。多少绣阁的佳人也,把玉手儿携着你。

枕

绣枕儿,整夜里,和他作伴。并着头,对着脸,偎着香肩。相思血泪都流遍。成双欢共寝,寂寞恨孤眠。诉不尽离情也,梦儿里多展转。

纽 扣

纽扣儿,凑就的姻缘好。你搭上我,我搭上你,两下搂得坚牢。生成一对相依靠。系定同心结,绾下刎颈交。一会儿分开也,一会儿又拢了。

睡 鞋

睡鞋儿,一点点将金莲巧衬。似若耶溪吹将来两瓣红英,尘埃不染偏干净。被窝裹勾春兴,肩头上挽风情。醉眼朦胧也,几次被他轻拨醒。

裹 脚

裹脚儿,自幼的被你缠上。行双双,坐双双,到晚同床。白日里一步儿何曾松放。为你身子儿消瘦了，为你行步好郎当。为你绊住了我的跟儿也，只得随你同来往。

帐　钩

　　帐钩儿，挂在牙床上。一个东，一个西，枉自同床。许多时挂的都是悬空帐。只为你多牵挂，吊起我心肠。何时得与你勾帐也，免得两下空思想。

锁

　　铜锁儿制得多奇妙。自小儿守闺门，委实坚牢。傍人不敢生心盗。猛可的匙来至，一到手不相饶。斗着镤儿也，把他轻轻的拶开了。

　　　　古词云："任你金打的匙儿，斗不着我的锁镤。"描写缘法简而尽矣。是锁是匙，自然斗着，傍人切莫生心。

竹夫人

　　竹夫人原系从凉妇。骨格清，玲珑巧，我是有节湘奴。幸终宵搂抱着同眠同卧。只为西风生嫉妒，因此冷落把奴疏。别恋了心热的汤婆也，教我尘埋受半载的苦。

　　　　分明是竹夫人醋汤婆语，汤婆独无言乎？余为代一篇云："汤婆子本是个耐岁寒的情性。一谜里热心肠和你温存。绣帏中锦被里多曾帮衬。亏我伴过了三冬冷，你又别娶了竹夫人。你两个贴肉的相亲也，就放我在脚跟头，你也还不肯。"　家有二醋，主人苦矣。余再以一篇解之云："竹夫人，你是伶俐的，体为汤婆闷。汤婆子,你是老成的,也莫怪竹夫人。你两人各自去行时运。冷时节便用汤婆子,热时节便是竹夫人。我与你派定休争也,各自耐着心儿等。"

又

俏冤家,错认那竹夫人有趣。竟不知这东西却是虚的,哄情人搂抱在怀儿里睡。他心儿里有两个,走滚无定期。热处和你温存也,冷处就抛撒你。

箫

奴好似玉箫儿受尽千般气。想当初你与我声口儿相依,谁知你放手轻抛弃。音响儿不见你,那一节不是虚。自笑我有眼无心也,颠倒挂着你。

又

紫竹儿,本是坚持操。被人通了节,破了体,做下了箫。眼儿开合多关窍。舌尖儿舔着你的嘴,双手儿搂着你腰。摸着你的腔儿也,还是我知音的人儿好。

一云:"紫箫儿生得玲珑剔透。你本是湘江上一派风流,知音人把你开情窦。爱你多情节,喜你的风韵幽。口儿的相亲也,弄着你不放手。"大意亦同。

香 炉

香炉儿,房户中谁似你清趣。一点儿热心肠不是个冷落的，硬耳朵不听那旁人语句。有脚儿不闲行走，有口儿不讲是和非。只怕那火冷香消也，把圆盖儿方做底。

香　筒

香筒儿，我爱你玲珑剔透，一时间动了火其实难丢。暖温温，香喷喷，拢定双衣袖。只道心肠热，谁知有空头。少了些的温存也，就不着人的手。

又

香筒儿，有一段湘妃的丰致。那一个妙人儿开动了你玉肌，眼儿漏泄了多少香和气。把两头儿拴住了，中间插一枝。到那火褪香残也，这一点儿热烘烘直到底。

鼓

花花鼓儿谁不好。番转来，覆转去，擂上千遭。两片皮弄出多般腔调。一会儿是紧板，一会儿慢慢敲。弄得皮宽也，钉儿渐渐少。

靴

靴儿靴儿，谁不爱。记当初行双双惯串花街，粉头儿两片皮合成一块。指望你能帮衬，永远不登开。谁知你日久的顽皮也，觑着你的破绽儿真是歹。

风　筝

　　风筝儿，要紧是千尺线。忒轻薄，忒飘荡，不怕你走上天。一丝丝，一段段，拿住你在身边缠。不是我不放手，放手时你就一去不回还。听着了你的风声也，我自会凑你的高低和近远。

捷　踢

　　捷子儿，打扮得多风趣。只爱你铜钱大两片儿皮，俊毛儿三四茎天生伶俐。耍得人身不定，汗珠儿湿透衣。脚尖儿相勾也，眼睛儿觑定着你。

　　　　曾记《黄莺儿》一曲，以捷子喻妓，甚佳。今附于此云："只为两文钱，做虚头，一线牵，浑身装裹些花毛片。撇人在眼前，卖俏在脚尖。翻来覆去一似风前燕，这身边方才着脚，又到那身边。"

戏　球

　　戏球儿，我爱你一团和气。我爱你有分量知高识低，知轻知重如人意。人说你走滚其中都是虚。只这脚尖儿上的风情也，教人爱杀你。

　　　　有以算命语作气球谜云："乙丑生人，亥宫坐命，水星过度，气孛来临。一生有跌扑之灾，自有好人扶持，不妨不妨。"奇甚。

火　爆

　　火爆儿，好似我劣冤家的结构。假星星，你本是一个网糊头。脸皮儿弄得千层厚。有时动了火，半刻也不停留。为你受怕担惊也，不由人不撒手。

骰　子

　　骰子儿，轻骨头，人偏好。酒筵上，有了你，兴更高。手儿拿着口儿里叫。大色儿叫六六六，小色儿叫么么么。两下里齐丢下，凑成一对巧。

又

　　骰子儿，我爱你清奇骨格。向人前，全仗你指点提携。缘何上手便轻抛弃。你道我浑身多点污，谁知你背面有差池。你若不撇下了我无情也，我赌着性命儿输与你。

　　　　此金沙李元实作。

纸　牌

　　纸牌儿，你有万贯的钱和钞。我舍着十士门，百子辈，与你一路相交。谁知你不在行抽张儿颠倒。迷恋了二婆娘，灭杀了活百老。少不得弄到赤脚精光也，剩不得腌臜文钱抽身跑。

钻　棋

　　黑白棋子儿一百廿个。或吃三，或吃五，或么一颗。成双捉对就骎骎坐。只为挨来擦去好，因此悄悄把他驮。一顶的当心也，教奴怎生样去躲。

围 棋

三百六,棋路儿,分皂白。先下着,慢下着,便见高低。有双关,有扑跌,须防在意。被人点破眼,教人难动移。不如打一个和局也,与你两下里重着起。

象 棋

闷来时,取过象棋来下。要你做士与象,得力当家。小卒儿向前行,休说回头话。须学车行直,莫似马行斜。若有他人阻隔了我恩情也,我就炮儿般一会子打。

双 陆

双陆儿,拘定你在盘儿内。他成双,我成对,站立得整齐。全凭着色子儿中间传递。这要去的又去不得,那要归的又不放你归。才随着点数逃回也,又在半路上擒住了你。

灯 花

灯花儿,结在银缸上。看将来,都因你一点热心肠。到如今反害得我不明不亮。只怕你难开容易落,有色不闻香。总使明日他来你做个媒儿也,先教我隔夜里将他想。

灯 笼

灯笼儿,你生得玲珑剔透。好一个热心肠爱护风流,行动时能照顾前和后。亏杀那篾片儿帮得好,因此心火上又添油。虽是白日里不得相亲也,到黑夜里和你走。

"篾片"二字入得巧。旧笑话云：嫖客阳萎，折苞上篾片帮之以入，问妓乐否。妓曰："客官尽善，嫌帮者太硬挣耳。"吴中呼帮闲为"篾片"本此。自闲汉无赖，而或妄解为"灭骗"，谓灭人之德，骗人之钱。又谓灭天理，骗人财。甚有著之丹书者，遂大为此辈不利。名不可不慎也。间或呼为"丘蚓"，其说曰："泥里也去，水里也去，又会唱歌，又会呵脬。"比类亦当。他如"笏板""蛤蜊"之名，各有所本，而篾片最著。又或以形伟者为"竹爿"，貌猥者为"篾丝"，老者为"竹根"，幼者为"新笋"，优者为"篾青"，劣者为"篾黄"，而篾氏之宗繁衍吴中，遂与朱张顾陆争盛。吁，可笑已！

蜡　烛

蜡烛儿，我两个浇成一对。要坚心，耐久远，双双拜献神祇。说长道短一任傍人议。只为心热常流泪，生怕你变成灰。守着一点初心也，和你风流直到底。

又

蜡烛儿，你好似我情人流亮。初相交，只道你是个热心肠。谁知你被风儿引得心飘荡。这边不动火，那里又争光。不照见我的心中也，暗地里把你想。

又

奴本是热心人，常把冤家来照顾。谁教你会风流抛闪了奴，害得我形消影瘦真难过。心灰始信他心冷，泪积方知奴泪多。我为你埋没了多少风光也,你去暗地里想一想我。

罐 子

罐子儿,你忒煞炎凉多变。有财的动了火,吃尽熬煎。谁知你倾银态能禁汤炭。千般来引销你,不怕你不破铅。放一分的温存也,就煨得你心儿软。

戥 等

俏娘儿,身材小,骨头轻俊。休把我满身上看做假星星,知轻识重人人信。虽有钮头儿系挂着我,我的心里自分明。莫道我惯会那移也,我那曾有半丝毫没定准。

天 平

天平儿,我两个也不上不下。千金架直得起,只要缘法,只为你一条心将你牵挂。我的心儿对得准,你的心儿切莫要差。若有毫发儿的差池也,自有傍人会敲打。

又

愿亲亲,愿你学天平儿样。架着你,靠着你,不许你颠狂。定盘星莫要生偏向。拿定你意马,对定你心肠。我这里加添也,你也要知分两。

一云:"天平儿,我和你同心同意。轻还重,重还轻,你心自知。几时得明明白白和你针心对。凭你怎么样敲和打,我分毫不敢欺。难道我偏向了他人也,终不然亏负着你。"亦可。

法　马

法马儿，你常把我回来回去。自不想那一边轻重高低，把人来压住了，反教傍人觑。将我做大还做小，我也任你去搬移。有亏心人指望扭捏歪缠也，我自有针心儿不负你。

墨　斗

墨斗儿，手段高，能收能放。长便长，短便短，随你商量。来也正，去也正，毫无偏向。本是个直苗苗好性子，休认做黑漆漆歹心肠。你若有一线儿邪曲也，瞒不得他的谎。

秦少游制墨斗谜与东坡射云："我有一间房，半间租与转轮王。有时射出一线光，天下邪魔不敢当。"东坡伪射不中，仍作一谜云："我有一张琴，琴弦藏在腹。凭君马上弹，弹尽天下曲。"秦亦射不中，归为小妹言之。妹曰："我亦有一谜云：我有一只船，一人摇橹一人牵。去时牵纤去，来时摇橹还。"秦思之良久，仍不能射。小妹云："我的就是你的，你的就是大兄的，大兄的就是我的。"

伞

奴好似雨伞儿将伊遮盖，实指望同到老云雨和谐。谁知你寻着孔窍儿将机关败。有情怀里抱，无情便撑开。撇得我倚定门儿也，泪珠儿频频洒。

磨　子

两片磨儿天成就。当初只道你是个老石头，到如今日久分薄厚。只因你无齿,人前把你修。断一断明白也,依旧和你走。

《雪涛阁外集》所载磨谜云:"我的肚皮压着你的肚皮,我的肚肠放在你的肚里。"甚佳。他如卓谜云:"有面无口,有足无手。又好吃饭,又好吃酒。"笔谜云:"少年发白,老来发青。有事科头,无事戴巾。"历日谜云:"看时有节,摸时无节。两头冰冷,中间火热。"铳谜云:"顶天立地,正直公平。吾今分付,火急奉行,急急如律令。"印谜云:"小小身儿不大,千两黄金无价。爱搽满面胭脂,落在花前月下。"俱称情雅。

又打稻枷子谜云:"有道则见,无道则隐。瞻之在前,忽焉在后。"书注谜云:"大的少是小的,小的多是大的。大的不说小的,小的专说大的。"口字谜云:"唐虞有,尧舜无。商周有,汤武无。古文有,今文无。"一字谜云:"上又不上,下又不下。不可在上,且宜在下。"彭字谜云:"好面花腔鼓,皮坏难修补。拿住一个彪,走了一个虎。"又茄子谜云:"小时皮包头,大来皮忒头。越大越忒头,紫金光郎头。"又枝山先生用佛语作义袋谜云:"无佛不开口,开口便成佛。盘多罗,结多罗。破多刹多,佛多难陀。"俱系名笔可传,因附记此。

一云:"磨子儿,两块儿合成了一块。亏杀那铁桩儿拴住了中垓。两下里战不休,全没胜败。一个在上头,不住将身摆。一个在下头,对定了不肯开。正是上边的费尽了精神也,下边的忒自在。"亦可。

风　箱

风箱儿,一团的虚心冷气。牵动了使人鼎沸油飞,全凭着孔窍儿做出许多关捩。起手时热得狠，住手时冷似灰。怎能勾不住儿相牵也，和你风流直到底。

船

船儿船儿，你放出老江湖的手段。迎来送往经过了万万千。推的推，挥的挥，弄得人眼花头眩。一篙子撑开了我，教我东不着岸，西不着边。只怕你遇着风波也，少不得船头儿还拨转。

又

新打的船儿其实妙。下了篙，搭上了跳，把客招。上船时落在他圈套。舵儿拿得稳，橹儿慢慢摇。叫一声弯腰的，腰弯腰还要往前跑。

　　此篇闻之旧院董四，歌末句腔甚奇妙，遂不能舍。

　　又《上船》一篇云："俏冤家上船来，好生攒跳。唤梢公慢栏头，且去挥梢。橹板儿搭定休颠倒。急摇与慢摇，深篙并浅篙。叫着你挥来也，怎的又推开了。"亦有情致。

石狮子

石狮子，我与你空成一对。我看你，你看我，好不孤凄。我两人都是石心石意。远又不多远，怎能勾做一堆。分隔在东西也，空自看上了你。

雪狮子

把雪儿做一个狮子来戏。千样妆，万样做，就是个活的。冷心肠似把人调戏。今晚做一块，日出就分离。一片儿的真心也，化做东流水。

麻　雀

麻雀儿，本是个殷勤鸟。同行中，姊妹伴，整日里闹炒。摇头摆尾卖弄你俏。支竿儿支着你，好歹不知道。伶俐聪明也，倒被光棍儿粘住了。

　　　　往往有此，可恨可惜。

蜻　蜓

红蜻蜓，飞在绿杨枝上。蜘蛛儿一见了，就使网张。痴心痴意将他望。蜘蛛，你休望我，这般圈套劝你少思量。费尽你的神思也，只是不上你的网。

蚊　子

蚊虫儿，生就你惺惺伶俐。善趋炎，能逐队，到处成雷。吹弹歌舞般般会。小脚儿在绣帏中串惯了，轻嘴儿专向醉梦里讨便宜。随你悭吝贼逢他定是出血也，你这小尖酸少不得死在人手里。

　　　　陌花馆有《黄莺儿·咏蚊》数篇，余录其二云："恨杀咬人精。嘴儿尖，身子轻，生来害的是撩人病。我恰才睡醒，他百般做声。口儿到处胭脂赠。最无情，尝啖滋味，又向别人哼。""恨杀咬人精。是人儿，扑面迎，未曾伏枕他先凭。好的也一丁，歹的也一丁。逢人小嘴便生硬。镇朝昏，来来往往，尽是口头情。"

又

蚊虫哥,休把巧声儿在我耳边来搅诨。你本是个轻脚鬼,空负文名。一张嘴到处招人恨。说什么生花口,贪图暗算人。你算得人轻也,只怕人算得你狠。

说得利害分明,大堪警世。余亦有《咏蚊》六言云:"夜动昼伏似鼠,饥附饱去如鹰。不是文名取忌,从来利口招憎。"

谑部九卷

鸨　儿
　　攒上些活本钱，做些风流生意。竖几个肉招牌来卖，问时值估价也不十分贵。也有三钱的，也有五钱的。好件道地的东西也，主顾儿不误你。

鸨妓问答
　　老鸨儿拿银子在钱铺上换。换钱的说道是一块铅，一斤只值得三分半。忘八顿下脚，妈儿哭皇天。整日里哄人，天哪，谁知人又哄了俺。　　小姐姐双膝儿忙跪下。告娘亲息怒果是我差，是铜是铁权且收留下。虽然不折本，只是便宜了他。再来的低银也，在试金石上打。

者　妓
　　小大姐模样儿生得尽妙。也聪明，也伶俐，可恨妆乔。一时喜怒人难料。一时甜如蜜，一时辣似椒。没定准的冤家也，看你者到何时了。
　　　　吴市语妆乔做势曰"者"。　　毕竟者到何时了？曰："门前冷落车马稀，者妓嫁作商人妇。"

门　子

壁虎儿得病在墙头上坐。叫一声蜘蛛我的哥,这几日并不见个苍蝇过。蜻蜓身又大,胡蜂刺又多。寻一个蚊子也,搭救搭救我。

　　老鼠儿得病在梁间坐,朦子儿得病在裤裆里坐,此类甚多,俱无足采。惟壁虎与蚊子字双关颇趣,故录之。

子　弟

子弟们打扮得其实有兴。玉簪儿撑出那纱帽巾,白绸衫一色桃红裩。道袍儿大袖子,河豚鞋浅后根。一个个忔起那天庭也,气质难得紧。

　　好一幅行乐图。　迩年以来,风俗又异矣。余所闻有十无赖语,录以志感云:"一无赖,网巾边儿像脚带。二无赖,做完巾后饶一块。三无赖,玛瑙簪儿束银带。四无赖,一双袖儿脚面盖。五无赖,两条魂旛做衣带。六无赖,踏了脚指鞋中耐。七无赖,排骨扇儿好躲债。八无赖,马吊花园图口赖。九无赖,无腔曲子赌色赛。十无赖,逢着小娘舍舍空口爱。"

小官人

小官人,在行的,一发测癞。也会妖,也会者,也会肉麻。也会醋,也会唆,也会说句相思话。衣服儿穿去了,好簪儿抢去插。逢着见钱的马吊猪窝也,动不动抓一把。

又

一时间，吃这碗饭，难推难却。绰趣的多，使钱的少，也只是没法。每日间清早起直忙到夜。大老官才放得手，二老官又拖到家。就是铁铸的䫶䫶也，经不得这般样打。

山 人

问山人，并不在山中住。止无过老着脸，写几句歪诗。带方巾称治民到处去投刺。京中某老先，近有书到治民处，乡中某老先，他与治民最相知。临别有舍亲一事干求也，只说为公道没银子。

描尽山人伎俩，堪与张伯起先生《山人歌》并传。余又闻一笑话云：有谒选得独民县知县者。一日，县公出，独民负之而行。至中途微雨，县公吟曰："命苦官卑没奈何，纷纷细雨一人驮。"后二句未就，独民请续之云："口中喝道肩抬轿，手拖板子脚奔波。"县公曰："到也亏你。"独民遽放县公于地，对之打一恭而言曰："不敢欺，其实本县的山人也就是小的。"呜呼，此诗真堪做山人，山人只合抬知县也。孔子叹"觚不觚"，余悲夫山之不山，而人之不人。故识之如此。

当 铺

典当哥，你犯了个贪财病。挂招牌，每日里接了多少人。有铜钱，有银子，看你日出日进。一时救得急，好一个方便门。再来不把你思量也，怪你等子儿大得狠。

讨尽典当哥便宜，应是花报。

无　毛

　　我猫儿不见了，难猜难料。街坊上请个灵先生卜那猫，那先生未卜先知道。十三十四看，十五十六上瞧。十七八的无猫也，到底猫无了。

　　末句一云"无猫"，便俗。曰"猫无"，便雅。

大　脚

　　小脚儿生得忒即溜。剪一双弓鞋面，费了一疋潞绸。拽拔儿零剪了一丈六。四张羊皮金，嵌不来双凤头。拔不上鞋根也，还要拖他拖他走。

又

　　乡里姐儿偶到城里来望，见一双小脚儿心里就着忙。急归来缠上他七八烫。紧些儿疼得很，松些儿又痒得慌。这不凑趣的孤拐也，只怕明春还要长。

假纱帽

　　真纱帽戴来胆气壮，你戴着只觉得脸上无光。整年间也没升也没个降。死了好传影，打醮好行香。若坐席尊也，放屁也不响。

野　花

　　出城门见几个村中俏。手儿里提着篮把野菜挑，见人来低着头微微儿笑。绿边红膝裤，越看越风骚。酒醉人多也，野花儿偏滋味好。

酒风

　　杀千刀，你做甚么身和分。往常时吃醉了还有些正经，到如今越弄得不学长进。又不害甚风颠病，还不按定了六神。你看东撞西歪也，人事全不省。

惧内

　　天生成怕老婆其实可笑。又不是爹又不是娘又不是强盗，见了他战兢兢虚心儿听教。吃酒的逢着人说天性不好饮，好色的逢着人说恼的是嫖。略犯他些规矩也，动不动有几夜吵。

又

　　天不怕，地不怕，连爹娘也不怕。怕只怕狠巴巴我那个房下。我房下其实有些难说话。他是吃醋的真太岁，淘气的活罗刹。就是半句的话不投机也，老大的耳光儿就乱乱的打。

窃婢

　　小丫头偏爱他生得十分骚。顾不得他油烟气被底腥臊。那管他臀高奶大掀蒲脚。背地里来勾颈，捉空儿便松腰。若还惊醒了娘行也，那时双双跪到晓。

陪宾

　　陪宾的，我问你着甚么紧。别人家有孝，你到与他带头巾。听敲云板勤勤奔。那来的既不是你的爹,那去的又不是你的亲。临行没甚么攀谈也,只说道请宽了白圆领。

银　匠
　　倾银的分明是活强盗。他恨不得一火筒夺去了你的银包。你如何不识机落他圈套。他把炭火儿簇一会,瓦盖儿揭几遭。撒上一把硝儿也,贼,把银子儿偷去了。

杂部十卷

妓客问答
　　好哥哥，略住住，吃茶了去。不合你来迟了，我又接了别的。是奴家得罪了，多多得罪。姐姐，你说那里话，难道我和你比别的？你好好去陪他也，我另日来看你。

夜　客
　　站阶头一更多，姻缘天凑。叫一声有客来，点灯来上楼。夜深东道须将就。摆个寡槛子，猜拳豁指头。唱一只《打枣竿》儿也，客官再请一杯酒。

站　门
　　有下梢没下梢，烟花债儿偿不到。多也恼，少也恼，老鸨性儿喂不饱。你也瞧，我也瞧，闯门的白绰的忒杀啰唣。管你倚破了门儿磨穿了壁，管你站酸了脚儿闷肭了腰。眼盼盼巴不能勾俏丽的郎君也，来了，啐，又向别人家进去了。

孤　孀
　　俏孤孀头带白，身穿着麻孝。手提着男怀抱着女，走到荒郊。对坟茔哭一声,我的亡夫来到。孩儿年纪小,家私没半毫。叫不应的青天也,掉得我这般样早。

又

俏孤孀除下白,脱下了麻孝。弃着男撇着女,打扮得娇娇。只为门房亲戚无依靠。孩儿等不得他大,家私日渐消。只得嫁一个养家的新人也,天,你在重泉不要恼。

妓

子弟们初出景听我教导。第一件要老成,切莫去闹。小娘们就是活强盗。口甜心里苦,杀人不用刀。哄了你的银子也,他又与别人好。

又

烟花寨伏下红绵套。绣房中香喷喷是刑部的天牢。汗巾儿上小字儿是个勾魂票。没法了,他把头发剪,苦肉计将皮肉烧。动不动说嫁也,你问他嫁过几个人儿了。

又

有情哥,你须是频频到。有情哥,你多请些酒共肴。有情哥,我把你终身靠。有情在口里叫,无情在肚里包。果是个真情也,不要财和宝。

哭情人

哭情人，哭出他银一锭。一头送，一头哭，一头袖了银。老妈儿问道：你哭他则甚？非是我哭他，暖暖他的心。见了他的银子也，越发哭得紧。

拿人

走滚的心肠儿，我也难拘难系。我识透你是个点水的蜻蜓，点着水儿就飞。人到说你是个溜雀儿，跳钻钻拿你不住。你就是个蜻蜓儿，难脱我这蜘蛛网。你就做个溜雀儿，我七支竿不放你飞。你便是一颗滚盘的真珠也，我也会使细丝线儿穿着你。

教乖

在行中走，怎不学些伶俐。人面前说句话也要见机，直头直脑全不济。要夺人的趣，乖里放些痴。你不去调人也，自有人调你。

教骏

骏人儿说话乖人儿赛。乖人儿说话笑人骏。乖人儿还被骏人儿卖。乖人儿有骏处，骏人儿一般的乖。休得自恃乖乖也，不把骏人儿睬。

小尼姑

小尼姑猛想起把偏衫撇下。正青春，年纪小，出什么家。守空门便是活地狱，难禁难架。不如蓄好了青丝发，去嫁个俏冤家。念什么经文也，佛，守什么的寡。

小和尚

小和尚就把女菩萨来叫。你孤单，我独自，两下难熬。难道是有了华盖星便没有红鸾照。禅床做合欢帐，佛面前把花烛烧。做一对不结发的夫妻也，和你光头直到老。

趁　船

趁船的就在隔窗儿打铺，不料他板缝里觑着了奴。夜来光景都瞧破。起手儿是怎么样，结末又如何。明日里的朝辰也，他把哑谜儿来道着我。

灯花问答

灯花儿今夜里开得真奇异。莫不是他来到报与奴知。痴痴的看着浑忘寐。这早晚不见来，灯花，你结怎的。反等得我心焦也，到不如不开了你。　　那灯花告姐姐：你也欠些伶俐。我见你想得的慌，假传个信儿，谁知你抱怨我翻成恶意。你的缘分浅，非关我报信虚。我在处处的开花也，处处不像你。　　那姐姐骂灯花：你也忒不诚实。怎见得那冤家把奴亏，终须有日和他重相聚。灯花，你也来哄着我，何况那薄情的。想必你在处处的开花也，处处埋怨你。　　小梅香告姐姐：你也忒煞琐碎。灯花儿也与共讲一场是非。那灯花那管人的婚姻事，姐夫今晚是不来了，明日来也未可知。我与你挑去那灯花也，睡到明日再商量起。

占　卦

　　闷恹恹独坐在房儿内，猛听得房儿外打一下报君知。叫梅香请先生要问个详细。占一当行人卦，问他几时归。从直的说来也，先生，我重重相谢你。　　那先生听说罢，微微冷笑。掷金钱，问《周易》，占动三爻。那卦中到有跷蹊兆。占的是单上单，难逢拆上交。想是又有个情人也，姐姐，把身子儿缠住了。　　那姐姐听说罢，双眼流泪。我为他受尽了多少矜持。你缘何又被人缠住，你亏心天有眼，我亏心神自知。焚一炷清香也，冤家，我是也咒杀你。　　小梅香劝姐姐，你何须流泪，那先生不过是卖卦的。又不是袁天罡李淳风重回阳世。难道这般样准，说不归就不归。切莫要心酸也，姐姐，连累梅香也不欢喜。

乡下夫妻

　　俏娘儿遇清明，把先茔来上。乡下人看见了，手脚都忙。若不是小脚儿就认做观音样。一般样父娘养，偏生下这俊娇娘。引掉我的魂灵也，回家就乱嚷。　　见妻儿在灶跟前，不觉冲冲发怒。作甚业，晦甚气，讨你这夜叉婆。黄又黄，黑又黑，成什么货。别人家老婆娇滴滴的美，看不上你这车脚夫。你不见那上坟的姑娘也，爱杀爱杀了我。　　莽喉咙叫一声，我的乡下大舍。龙配龙，虎配虎，姻缘簿不差。臭野蛮配村姑也是天生天化。天鹅肉想不到口，痴杀你这癞虾蟆。我若比那上坟的姑娘也，自有上坟的姑夫配着我耍。　　好乡邻好言语劝你争什么大事。乡下夫，乡下妻，比不得城里的丰姿。一年犀水兼插莳,这大娘子黄黑也不是胎生的。就是大舍原好个小官儿,你若一年半载住在那城中也,包你比着那上坟的无彼此。

取　妾

　　痴心人讨一个偏房来至。到了门,住了轿,且慢慢的。难道他报帖儿也不递一递。眷生既不妥,晚生又不宜。只得递一个寅生也,与你做同寮般共相处。

急　口

　　路陌人肩挑了乌盆来卖,有个妈妈儿手担着醋瓶来。上桥时相撞着,骨碌碌瓶盆都打坏。盆要瓶赔瓶不肯,瓶要盆赔盆不谐。盆要瓶赔瓶要盆赔也,那时瓶盆都要买。

又

　　小大姐与我收拾好藤穿的大帽,明早要教场中去下操。枕边专听鸡儿叫。偶然睡去了。呀,晓星儿这么样高?呀,不好了,罢了,误了,铳也放了,旗也挂了,门也开了,人也齐了,只得穿上一双鞲鞋也,跑到教场中去点卯。

挂枝儿

　　纂下的《挂枝儿》委的奇妙。或新兴或改旧,费尽推敲。娇滴滴好喉咙唱出多波俏。那个唱得完这一本,赏你个大元宝。啧啧,好一本新词也,可惜知音的人儿少。

山歌

叙山歌

　　书契以来，代有歌谣。太史所陈，并称风雅，尚矣。自楚骚唐律，争妍竞畅，而民间性情之响，遂不得列于诗坛，于是别之曰山歌，言田夫野竖矢口寄兴之所为，荐绅学士家不道也。唯诗坛不列，荐绅学士不道，而歌之权愈轻，歌者之心亦愈浅，今所盛行者，皆私情谱耳。虽然，桑间濮上，《国风》刺之，尼父录焉，以是为情真而不可废也。山歌虽俚甚矣，独非《郑》《卫》之遗欤？且今虽季世，而但有假诗文，无假山歌，则以山歌不与诗文争名，故不屑假。苟其不屑假，而吾藉以存真，不亦可乎？抑今人想见上古之陈于太史者如彼，而近代之留于民间者如此，倘亦论世之林云尔。若夫借男女之真情，发名教之伪药，其功于《挂枝儿》等，故录《挂枝词》而次及《山歌》。

墨憨斋主人题

卷一 私情四句

笑

东南风起打斜来,好朵鲜花叶上开。后生娘子家没要嘻嘻笑,多少私情笑里来。

　　凡生字、声字、争字,俱从俗谈叶入江阳韵,此类甚多,不能备载。吴人歌吴,譬诸打瓦抛钱,一方之戏,正不必如钦降文规,须行天下也。

睃

思量同你好得场骇,弗用媒人弗用财。丝网捉鱼尽在眼上起,千丈绫罗梭里来。

　　笑不许,睃不许,只此便是《周南》《内则》了。

　　"眼上起"、"梭里来",影语最妙,俗所谓"双关""二意"体也。唐诗中如"春蚕到死丝方尽,蜡烛成灰泪始干"之类,亦即此体。又余幼时闻得《十六不谐》,不知何义,其词颇趣,并记之:"一不谐,一不谐,七月七夜里妙人儿来。呀,正凑巧,心肝爱。　二不谐,二不谐,御史头行肃静牌。呀,莫侧声,心肝爱。　三不谐,三不谐,瞎眼猫儿拐鸡来。呀,笨得紧,心肝爱。　四不谐,四不谐,姐在房中吃螃蟹。呀,缩缩脚,心肝爱。　五不谐,五不谐,三岁孩儿搔背来。呀，再上些，心肝爱。珊瑚树儿玉瓶里栽。呀，轻轻放，心肝爱。外科先生用着鸡蛋来。呀，不要慌，心肝爱。扳缯老儿上钓台。呀，曲曲背，心肝爱。化老儿上船偷木柴。呀，急急抽，心肝爱。酒醉人儿坐险崖。呀，莫要动，心肝爱。傀儡人儿上戏台。呀，要得好，心肝爱。六不谐，六不谐，珊谐，算命先生叫怪哉。呀，死了罢，心肝爱。不谐，搬碗碟的人儿慢慢来。呀，不要丢，心肝爱。十四不谐，郎在河边等船来。呀，渡了罢，心肝爱。十五不谐，要孩儿撞落油瓶盖。呀，淌出来，心肝爱。谐，十六不谐，鹦哥儿飞上九层台。呀，下来罢，心肝爱。"

看

小年纪后生弗识羞，那了走过子我里门前咦转头。咦，本当作又，今姑从俗。下同。我里老公谷碌碌介双眼睛弗是清昏个，你要看奴奴那弗到后门头。

好双谷碌碌眼睛，只顾其前，不顾其后。

又

姐儿窗下绣鸳鸯，薄福样郎君摇船正出浜。姐看子郎君针拥子手，郎看子娇娘船也横。

骚

青滴滴个汗衫红主腰，跳板上栏干耍样桥。搭棚水鬓且是妆得恍，仔细看个小阿姐儿再是羊油成块一团骚。

一云："东南风起发跑跑，个星新结识个私情打搬得乔。绒帽上簇花毡卖悄，外江船装货满风捎。"亦意同。

又

真当骚，真当骚，大门阁落里日多阛介两三遭。阛音谒。小阿奴奴好像寺院里斋僧来个便有分，我情郎好像撑船哥各人有路各人摇。

又

真当骚，真当骚，大门前冷眼捉人瞧。姐儿好像杭州一双木拖随人套，我情郎好像旧相知饭店弗俏招。

又

姐儿心痒捉郎瞟，我郎君一到弗相饶。船头上火燸直烧到船舱里，亏子我郎君搭救子我个艄。

弗骚

出名虎丘山到弗高，第一等快船到弗是摇。有意思个拳师弗动手，会偷汉个娘娘到弗骚。

弗骚处，正不可及，理会得着，便觉骚者无味。

学　样

对门隔壁个姐儿侪来搭结私情，侪，坊本用"才"，俗语。那得教奴弗动心。四面桃花我看子多少个样，那教我靓池豁浴一身青。

　　偏是此样，一学就会。

做人情

二十去子廿一来，弗做得人情也是骇。三十过头花易谢，双手招郎郎弗来。

　　少壮不努力，老大徒伤悲。当权若不行方便，如入宝山空手回。此歌大可玩味。

无　郎

姐儿立在碧纱窗，眼观孤雁好凄惶。黄连抹子猪头苦恼子，好像个败落山门无子廊。

又

西风起了姐心悲，寒夜无郎吃介个亏。啰里东村头西村头南北两横头二十后生闲来搭，借我伴过子寒冬还子渠。

　　一云："开门看见雪花飞，夜冷天寒牵系子渠。绵被三重遮弗得我个冷，只要我里情郎热肚皮。"亦可。

熬

二十姐儿困弗着在踏床上登，一身白肉冷如冰。便是牢里罪人也只是个样苦,生炭上薰金熬坏子银。吴歌"人""银"同音。

寻　郎

搭郎好子吃郎亏,正是要紧时光弗见子渠。啰里西舍东邻行方便个老官悄悄里寻个情哥郎还子我,小阿奴奴情愿热酒三钟亲递渠。

作　难

今日四,明朝三,要你来时再有介多呵难。姐道郎呀,好像新笋出头再吃你逐节脱,花竹做子缯竿多少斑。

等

姐儿立在北纱窗,分付梅香去请郎。泥水匠无灰砖来里等,隔窗趁火要偷光。

又

栀子花开六瓣头,情哥郎约我黄昏头。日长遥遥难得过,双手扳窗看日头。扳音班。

模　拟

弗见子情人心里酸,用心模拟一般般。闭子眼睛望空亲个嘴,接连叫句俏心肝。

　　是真境,亦是妙境。

次 身

姐儿心上自有第一个人,等得来时是次身。无子馄饨面也好,捉渠权时点景且风云。

点景时第一个人何在。

月 上

约郎约到月上时,那了月上子山头弗见渠。咦弗知奴处山低月上得早,咦弗知郎处山高月上得迟。

又

约郎约到月上天,再吃个借住夜个闲人借子大门前。你要住奴个香房奴情愿,宁可小阿奴奴困在大门前。

姑苏李秀才,贫而滑稽。新冬携一仆就试昆山,黑夜无依,彷徨行路,偶见小门微启,趋入求宿。主妇以独居坚却。李哀恳益力,主妇怒,走入。李竟闭门,憩小柜上。颇闻主妇詈语,亦不复顾,少顷寂然,而冻馁无聊,久不成寐。忽闻户外弹指声,不敢应。已而渐急,乃启门一线,而手持伺之,则男子致豚蹄一盂也,曰:"暂往携酒,姑少待我。"无何,酒至,极暖。李取酒,便欲掩门,而男子一足已入,李极力阑之。男子窃窃语甚絮,复取李手按其阳,翘然如植铁,明其急也。李不觉情动,忽举,亦以男子手按之。男子惊而逸,李取酒肉与仆潜啖饱睡。天小明便去,尚以锡壶及盂付酒家治朝饔云。奇事。

引

郎见子姐儿再来搭引了引,好像铜杓无柄热难盛。姐道我郎呀，磨子无心空自转，弗如做子灯煤头落水测声能。

引，旧作殷，欠通。今从引，而以平声为土音，甚妥。

又

爹娘教我乘凉坐子一黄昏，只见情郎走来面前来引一引。姐儿慌忙假充萤火虫说道爷来里娘来里，咦怕情哥郎去子喝道风婆婆且在草里登。

"萤火虫，娘来里，爷来里，搓条麻绳缚来里"及"风婆婆草里登，喝声便起身"，皆吴中相传小儿谣也。

走

郎在门前走子七八遭，姐在门前只捉手来摇。好似新出小鸡娘看得介紧，仓场前后两边廒。

一云："结识私情隔条桥，对门酒店两边标。黄柏皮做子酒标，标得奴肚里介苦，百万仓相对两边廒。"

半 夜

姐道我郎呀，尔若半夜来时没要捉个后门敲，只好捉我场上鸡来拔子毛。好计。假做子黄鼠狼偷鸡引得角角哩叫，好教我穿子单裙出来赶野猫。

娘咳嗽

结识私情窗里来，吃娘咳嗽捉惊骇。滩塌草庵成弗得个寺，何仙姑丫髻两分开。

瞒　娘

　　阿娘管我虎一般，我把娘来鼓里瞒。正是巡检司前失子贼，枉子弓兵晓夜看。

　　　　近来弓兵惯与贼通气，正恐学阿娘样耳。

又

　　昨夜同郎做一头，阿娘困在脚根头。姐道郎呀，扬子江当中盛饭轻轻哩介铲，铁线身粗慢慢里抽。

扯布裙

　　姐在徛堂走一遭，吃情哥郎扯断子布裙腰。亲娘面前只说肚里痛，手心捧住弗伸腰。

乖

　　娘又乖，姐又乖，吃娘捉个石灰满房筛。小阿奴奴拼得驮郎上床驮下地，两人合着一双鞋。

看　星

　　姐儿推窗看个天上星，阿娘咦认道约私情。好似漂白布衫落在油缸里，晓夜淋灰洗弗清。

又

　　小阿奴奴推窗只做看个天上星，阿娘就说道结私情。便是肚里个蛔虫无介得知得快，想阿娘也是过来人。

娘　打

　　吃娘打子哭哀哀，咦见情郎踱搭来。_{有景。}黄丝草无根天养活，荷花荡里藕船来。

　　　　是惹祸太岁，又是散闷冤家。

又

　　吃娘打得哭哀哀，索性教郎夜夜来。汗衫累子鏖糟拼得洗，连底湖胶打弗开。

　　　　不是一番寒彻骨，怎得梅花扑鼻香。

又

　　吃娘打子吃娘羞，索性教郎夜夜偷。_{妙甚。}姐道郎呀，我听你若学子古人传得个风流话，小阿奴奴便打杀来香房也罢休。

瞒　夫

　　急水滩头下断帘，又张蟹了又张鳗。有福个情哥弗知吃子阿奴个多少团脐蟹，我个亲夫弗知吃子小阿奴奴多少鳗。

又

　　姐听情哥拍面来，再吃我里亲夫看见子了两分开。小阿姐儿好像吃子黄豆大青梅当弗得酸溜溜又介苦，我郎君好像冷饭无茶噎噎里介来。

打双陆

　　姐儿窗下织白罗,情郎搭子我里个人打双陆。只听得我里个人口里说道把住子门捉两个,吓得我满身冷汗手停梭。

瞒　人

　　结识私情要放乖,弗要眉来眼去被人猜。面前相见同还礼,狭路上个相逢两闪开。

又

　　人人说我与你有私情,寻场相骂洗身清。你便拔出子拳头只说打,我便手指子吴山骂洞庭。

又

　　姐道我郎呀,你要来时便自来,没搭子闲人同走来。闲人便是屋头顶上个星老鸦口,未到天明喊出来。

又

　　搭识子私情雪里来,屋边头个脚迹有人猜。三个铜钱买双草鞋我里情哥郎颠倒着,只猜去子弗猜来。

赠　物

　　结识私情人弗觉鬼弗知,再来绿纱窗下送胭脂。仰面掭尘落来人眼里,算盘跌碎满街珠。吴音"珠""知"相似。

又

结识私情人弗觉鬼弗闻,再来绿纱窗下送汗巾。寿器上剥灰材露布,老阴阳到处说新坟。

捉 奸

结识私情未曾曾,外头咦话捉奸情。歪嘴油瓶吃子个口弗好,鮠臭泥出弗得好香菱。

一云:"眉来眼去未着身,外头咦要捉奸情。典当内无钱啰弗说我搭你有,月亮里提灯空挂明。"亦可。

弱者奉乡邻,强者骂乡邻,皆私情姐之为也,因制二歌歌之。一云:"姐儿有子私情忒忒能,无茶有水奉乡邻。巡盐个衙门单怕得渠管盐事,授记个梅香赔小心。""盐事"之"盐",读如俗呼"闲"字音。"授记"如"限打"之类。一云:"惯说嘴个婆娘结识子人,防别人开口先去骂乡邻。六月里天光弗怕掀个冻疮履。履,音偃。行凶取债再是讨银精。"

又

捉贼从来捉个赃,捉奸个从来捉个双。姐道郎呀,我听你并胆同心一个人能介好,啰怕闲人捉耍双。

又

古人说话弗中听,那了一个娇娘只许嫁一个人。若得武则天娘娘改子个本大明律,世间啰敢捉奸情。

此余友苏子忠新作。子忠笃士,乃作此异想,文人之心何所不有。

捉 头
姐听情郎刚上得楼,弗知个星闲神野鬼啰里听着子了咦把住后门头。拥破子个灯笼个个眼里火,惯赌囊家要捉头。

失 窜
昨夜同郎说话长,失窜直困到大天光。金瓶儿养鱼无出路,鸳鸯鸭蛋两边朦。朦,音荒。

孕
结识子个私情又怕外人猜,路上相逢两闪开。姐道郎呀,我听尔生牛皮做子汗巾无人拭得破,只怕凤仙花子绽笑开来。

又
来一遭,摸一遭,看看短子布裙腰。只有孕字写来弗好看,里头子大奶头高。

又
路来行来逐步移,腹中想必有跷蹊。谷雨下秧传子种,六月里个耘苗满肚泥。

又

眼泪汪汪哭向郎,我吃腹中有孕耍人当。娑婆树底下乘凉奴踏月,水涨船高难隐藏。

又

姐儿肚痛呷姜汤,半夜里私房养子个小孩郎。玉指尖尖抱在红灯下看,半像奴奴半像郎。

又

情哥传下小风流,罗帐里无郎教我那亨留。蒲席包来对子荷花池里只一丢,思量几遍跌心头。

又

姐儿嘱咐小风流,只有吃个罗帐里无郎弗好留。你打听得情郎听我有个成亲日,依先到我腹中投。

不 孕

结识私情赛过天,弗曾养得介个男女接香烟。好像石灰船上平基板,常堂堂白过子两三年。

　　常堂堂白过子两三年,并无疤瘰惹人传。世间咦弗怕断绝子风流种,何消得男女接香烟。

卷二私情四句

姐儿生得
　　姐儿生得好身材，好似荞粜船舱满未曾开。郎要粜时姐要粜，探筒打进里头来。

又
　　姐儿生得好像一朵花，吃郎君扳倒像推车。猪油煎子面筋荤子我，材前孝子满身麻。

又
　　姐儿生得像朵花，十字街头去买茶。姐儿道卖茶客人尔弗要拨个粗枝硬梗屑来我，连起子罗裙凭你桠。

又
　　姐儿生得有风情，枕头上相交弗老成。小阿姐儿好像五夏六月个星长脚花蚊子，咬住子情郎呜呜能。

又
　　姐儿生得眼睛鲜，铁匠店无人奴把钳。随你后生家性发钢能介硬,经奴炉灶软如绵。

又

姐儿生得滑油油,遇着子情郎就要偷。正像个柴穤上火烧处处着,穤,音蔡。葫芦结顶再是囫囵头。

又

姐儿生得好个白胸膛,情郎摸摸也无妨。石桥上走马有得馐记认,水面砍刀无损伤。

又

姐儿生得俊俏又尖酸,郎去料渠吃渠钉子介个眼睛拳。郎道姐儿呀,活泼泼个鲤鱼弗要跌杀子了卖,要铜钱及早傍新鲜。

又

姐儿生得貌超群,吃郎君缠住一黄昏。好似橄榄上金皮舍弗得个青肉去,海狮缩缩再亲亲。

捉蜻蜓

姐儿生来骨头轻,再来浮萍草上捉蜻蜓。浮萍草翻身落子水,想阿奴奴原是个下头人。

穿　红

姐儿生性爱穿红,红裙红袄红抹胸。小阿奴奴好像元宵夜里个面花匡鼓，黄昏头就要擂介两三通。

穿 青
　　姐儿上穿青下穿青，只有脚底下三寸弓鞋也是青。小阿奴奴上青下青青到底，见子我郎君俏丽一时浑。

有 心
　　郎有心，姐有心，思量无处结同心。好像双铧板壁眼对子眼，蜡烛上无油空费心。　　郎有心，姐有心，屋少人多难近子个身。胸前头个镜子心里照，黄昏头团子夜头盛。　　郎有心，姐有心，啰怕人多屋又深。人多那有千只眼，屋多那有万重门。
　　　　结识私情只要自即伶，闲人啰个能当心。凭你千只眼只要瞒得两只眼，千重门只要进得一重门。

偷
　　东南风起响愁愁，郎道十六七岁个娇娘那亨偷。百沸滚汤下弗得手，散线无针难入头。　　姐儿听得说道弗要愁，趁我后生正好偷。馐了弗捉滚汤侵杓水，拈线穿针便入头。

又
　　姐儿梳个头来漆碗能介光，舜人头里脚撩郎。舜，如猛字，俗音。当初只道郎偷姐，如今新泛头世界姐偷郎。
　　　　姐儿梳个头来漆碗能介光，那你腊月里个腌鱼能在行。更个恍水鬶梳来就是挂个招牌无两样,何消唉用脚撩郎。

又

结识私情弗要慌,捉着子奸情奴自去当。拼得到官双膝馒头跪子从实说,咬钉嚼铁我偷郎。

此姐大有义气。

保　佑

二月里菜花到处黄,公婆两个去烧香。痴乌龟口里哼喽喽介通陈只捉家婆来保佑,啰道家婆嘿测测保佑自情郎。

真正痴乌龟。

砑　光

姐儿见子有情郎,好似云游僧投饭入斋堂。咦像染坊店里画石贪色魄,砑子多多少少光。

千　思

见郎俊俏姐心痴,那得同床合被时。虫蛀子蝗鱼空白鲞,出铜银子是千丝。

一云:"井面上开花井底下红,篾丝篮吊水一场空。梭子里无丝空来往,有针无线柱相逢。"又云:"郎看子姐了姐看子郎,四眼相关难抵当。好似板门上门神空成对,早秋迷露弗成霜。"俱同意。

打人精

姐见子郎来驰驰里介弗起身,你再像寺里金刚假大人。馆驿里铺陈知道你接子多少客,积年皂隶打人精。

　　一云:"姐儿生来凤凰眼八哥声,悠悠拽拽引郎君。郎道姐儿你是酒店里壶瓶着子多哈人个手,试金石身小倒是识人精。"大意同。

撇　青

姐见郎来便闪开,倩个人前要卖乖。郎道姐儿呀,湿砻糠种火慢慢里煨着子你,只怕雨打泥墙自倒来。

　　一云:"姐儿年少花未开,见子恍水髼个情郎头弗抬。郎道姐儿呀,我是西瓜皮种火务要慢慢里煨着子尔,只教尔雨落里打墙苏下来。"大意同。

　　一云:"容貌娇姿奴夺魁,同郎有意只无媒。尔是站垛踏车逐脚上,水湿砻糠慢慢煨。"亦可。

　　又云:"郎道姐儿,世间宜假不宜真,薄薄里推来又一层。盘古以来也是有数个三贞并九烈,近来能有几个得身清。"

又

姐见郎来推转子门,再来门缝里张来门缝里听。描得像。郎道姐儿呀,你好像绒帽子风吹毡做势,遏熟黄梅卖甚青。

推

吃子你个亏,亏叶区。吃子你个亏,狭港里撑船那了有介多呵推。冷饭糁糊窗少弗得吃我粘上子,绵布棚筛独吃眼下迟。

又

　　百计千方哄得姐走来,临时上又只捉手推开。郎道姐儿呀,好像新打个篱笆个一夹得介紧,生毛桃要吃教我那亨拍开来。
　　　　正是妙境。

春　画

　　姐儿房里眼摩挲,偶然看着子介本春画了满身酥。个样出套风流家数侪有来奴肚里,那得我郎来依样做介个活春图。

贪　花

　　新做头巾插朵花,姐儿看见就捉手来拿。拿花弗着吃郎摸子奶,郎贪白奶姐贪花。
　　　　第二句旧云"贪花阿姐再捉手来拿",不如留在末句说出有味。

采　花

　　隔河看见野花开,寄声情哥郎听我采朵来。姐道郎呀,你采子花来小阿奴奴原捉花谢子你,决弗教郎白采来。
　　　　真是贪花阿姐。

花蝴蝶

　　身靠妆台手托腮,思量情意得场呆。姐道郎呀,你好像后园中一个花蝴蝶，采子花心便弗来。郎道姐儿呀，我也弗是采子花心便弗来，南边咦有一枝开。我今正是花蝴蝶，处处花开等我来。

身上来

年当悔，月当灾，撞着子情郎正遇巧身上来。郎做子巡检司门前个朱红棍，姐做子池里鲜鱼穿子腮。

跳窗盘

月夜无眠思想个郎，我郎君忽地跳窗盘。郎是象牙梳儿撩得奴个发，奴是低梅头短纤要郎钻。

同　眠

昨夜同郎一处眠，吃渠掀开锦被捉我脚朝天。小阿奴奴做子深水里蚂蝗只捉腰来扭，情哥郎好似边江船阁浅只捉后艄捐。

诈　困

胧胧困觉我郎来，假做番身仰转来。郎做子急水里蚂蝗只捉腰来倒下去，姐做子船底下冰排叠起来。

又

姐儿做势打呼屠，凭郎君伸手满身捫。情哥郎好像穷老人个头巾只一顶，小阿姐儿再像牛奶奶洗浴满身酥。

五更头

　　姐听情哥郎正在床上哼喽喽,忽然鸡叫咦是五更头。世上官员只有钦天监第一无见识,你做闰年闰月那了正弗闰子介个五更头。

　　　　已用《挂枝》词矣,戴章甫云不妨并美,存之。

弗还拳

　　昨夜同郎醉后眠,一言不合就捉我个鬓来捋。吃渠骂子吃渠打,忆郎君好处只是弗还拳。

　　　　那得此大贤德夫人。

床沿上

　　姐儿床沿上坐搋搋,吃郎君好像半爿鱼头只一腮。六月里走马阵头雨那了能个易得过,网见鱼来便撒开。

　　　　平时之厌物,仓卒之宝器。

本事低

　　结识私情本事低,一场高兴无多时。姐道我郎呀,你好像个打弗了个宅基未好住,惹得小阿奴奴满身癞疥养离离。

后门头

　　结识私情后门头,地上麋糟弗好偷。姐道郎呀,你那了弗学染坊里漂白布儿撬腰凸肚立子了掼,马上加鞭背后抽。

醉公床

　　使尽机谋凑子我里个郎,听个外婆借子醉公床。等我里情哥郎来上做介一个推车势,强如凉床口上硬彭彭。

立　秋

　　热天过子不觉咦立秋,姐儿来个红罗帐里做风流。一双白腿扛来郎肩上,就像横塘人捐藕上苏州。雅甚。

困得来

　　弗贪吃着弗贪财,且喜我里情郎困得来。衬里布衫那了能着肉,早蚕蛾𫍰紧子弗分开。𫍰,音得。

专　心

　　姐儿弗会缝联弗补针,单单只会结私情。姐道郎呀,小阿奴奴弗是真当弗会做生活,只为情郎怕分子心。会说。

诉

　　日里思量夜里情,扯住情哥诉弗清。失落子金环常忆耳,我是满头珠翠别无银。

奢　遮

　　结识个姐儿忒奢遮,听渠咦讨荷包咦讨鞋。姐道郎呀,你五月端午先挂子荷包去,九月重阳来着鞋。

　　　　自有真趣。

送瓜子

瓜子尖尖壳里藏，姐儿剥白送情郎。姐道郎呀，瓜仁上个滋味便是介，小阿奴奴舌尖上香甜仔细尝。

唱

姐儿唱只《银绞丝》，情哥郎也唱只《挂枝儿》。郎要姐儿弗住介绞，姐要情郎弗住介枝。

隔

结识私情隔条浜，湾湾走转两三更。小阿奴奴要拔只金钗银钗造条私情路，咦怕私情弗久长。

又

结识私情隔躲墙，两边有意弗同床。姐道郎呀，只有铁枪磨针那得针变子枪，拨来小阿奴奴半夜三更掘开子墙。

又

结识私情隔条街，常堂堂伸手摸奶奶。路上行人弗好看，索性搬来合子家。

　　一云："结识私情隔条街，又抢米了又担柴。朝担暮担担弗了，一性搬来合子家。"亦可。

长　情

结识私情须要结识长久好私情，买肉须买坐豚精。摸奶要摸蒸饼奶，亲嘴须亲红嘴唇。

又

恩爱私情勿论年，好像春三二月轮阵个扬花到处绵。郎道姐儿呀，长江里抛子铁球我听你滚到底。姐道郎呀，隔夜汤团我听你也是宿水圆。

又

结识私情难起头，起子头来难罢休。我听你镜子做子枕头明明里介困，没要窃盗无油暗里偷。

卷三私情四句

怨　旷
天上星多月弗多,世间多少弗调和。你看二八姐儿缩脚困,二十郎君无老婆。

又
小阿姐儿无丈夫,二十后生无家婆。好似学堂门相对子箍桶匠,一边读字一边箍。

无老婆
别人笑我无老婆,你弗得知我破饭箩淘米外头多。好像深山里野鸡随路宿,老鸦鸟无窠到有窠。

　　一云:"别人笑我无老婆,破箩淘米外头多。未到黄昏弗敢走,间边拽拽个边拖。"更可笑。

一边爱
郎爱子姐哩姐弗爱个郎,单相思几时得成双。郎道姐呀,你做着弗着做个大人情放我在脚跟头困介夜,情愿拨来你千憎万厌到大天光。

只要我爱他，那要他爱我。我爱我受用，他爱受用我。

又

郎弗爱子姐哩姐爱子郎，单相思几时得成双。小阿奴奴拼得个老面皮听渠勾搭句话，若得渠答应之时好上桩。

交　易

郎爱子姐哩姐咦爱子郎，偷情弗敢明当当。姐有亲夫郎有眷，何弗做场交易各成双。

这场交易，谁做中人？

冷

姐道郎呀，我当初结识你哈里好像宝和珍，那间那了你冷如冰。我好像裱褙店里个蛀虫吃子别人多少画，新妆塑个天尊受子多少金。　　郎道姐儿呀，我当初结识你哈里真当宝和珍，那间果系冷如冰。吃你好像煎退个药查拦路倒，月里个孩童弗拣人。

上二句，或云："当初捉你扇面上贴金金上金，那间搭你水面上结冰冰上冰。"亦佳。

一云："姐道郎呀，我当初结识你指望心对心，啰得知是黄梅天水发一时浑。你是暗信里潮来捉弗得多呵准，夏天雨落隔田晴。"亦可。

盘　问

姐儿说话弗到家，吃郎君盘问只捉指头牙。姐道郎呀，我是铅弹打人铳口出，小团儿家踏水暂时车。

隙

一鸡死子一鸡鸣，啰见无鸡困杀子人。你情愿充军旗下立，小阿奴奴弗来搭强求人。

拆　帐

浪搭私情三四春，一场吃醋走进子是非门。姐道郎呀，过子八月半重阳蚊子口开花我听你拆帐罢，叫化和尚口里念个耍正经。

弗到头

结识私情弗到头，扯破情书便罢休。百脚旗上火发竿着子，有壶无箭儋来投。

做身分

千言万语侪丢开，教你来时只是弗肯来。搭烂子黄葱我个心还在，那了有你介个做身獭分臭天灾。

重往来

言三语四说弗开，弗如关子大门床上来。挏破子绣球放子个口气，新砌街儿重往来。

送　郎

送郎出去并肩行,娘房前灯火亮瞪瞪。瞪,音橙。解开袄子遮郎过,两人并做子一人行。　　送郎送到灶跟头,吃郎踢动子火叉头。娘道丫头耍个响,小阿奴奴回言道灯台落地狗偷油。　　送郎送到屋檐头,吃郎踢动子石砖头。娘道丫头耍个响,小阿奴奴回言道是蛇盘蛤蚆落洋沟。　　姐送情哥到半场,门前狗咬两三声。小阿奴奴玉手亲抱住子金丝狗,莫咬子我情哥惊觉子娘。

别

别子情郎送上桥,两边眼泪落珠抛。当初指望杭州陌纸合一块,那间拆散子黄钱各自飘。

又

滔滔风急浪潮天,情哥郎扳桩要开船。挟绢做裙郎无幅,屋檐头种菜姐无园。

久　别

情哥郎春天去子不觉咦立冬,风花雪月一年空。姐道郎呀,你好像浮麦牵来难见面,厚纸糊窗弗透风。

哭

姐见子郎来哭起来,那了你多时弗走子来。来弗来时回绝子我,省得我南窗夜夜开。

又

姐儿哭得悠悠咽咽一夜忧,那了你恩爱夫妻弗到头。当初只指望山上造楼楼上造塔塔上参梯升天同到老,如今个山迸楼摊塔倒梯横便罢休。

旧　人

情郎一去两三春,昨日书来约道今日上我个门。将刀劈破陈桃核,霎时间要见旧时仁。

　　一云:"姐儿说向我郎听,我听你也是隔年桃核旧时仁。尔没要做子桑叶交秋弗采子我,啰匡尔再是黄梅天日出弗长晴。"

思　量

弗来弗往弗思量,来来往往挂肝肠。好似黄柏皮做子酒儿呷来腹中阴落落里介苦,生吞蟛蜞蟹爬肠。

嫁

嫁出囡儿哭出子个浜,掉子村中恍后生。三朝满月我搭你重相会,假充娘舅望外甥。

　　娘舅便可免物议,堪为欧文忠公解嘲。

怕老公

丢落子私情咦弗通,弗丢落个私情咦介怕老公。宁可拨来老公打子顿,那舍得从小私情一日空。

新　嫁

姐儿昨夜嫁得来，情哥郎性急就忒在门前来。姐道郎呀，两对手打拳你且看头势，没要大熟牵砻做出来。

老公小

老公小，逼疰疰，马大身高那亨骑。_{大叶惰。}小船上橹人摇子大船上橹，正要推扳忒子脐。_{扳，音班，挽也。}

　　"逼疰疰"，吴语小貌。

又

老公小，逼疰疰，劣马无缰那亨骑。水涨船高只吃竹竿短，何曾点着下头泥。

又

老公小，弗风流，只同罗帐弗同头。搭宅基一块好田只吃你弗会种，年年花利别人收。

大　细

姐儿养个大细忒喇茄，_{大叶驮。}吃个情哥郎打子两击大背花。_{击叶记。}常言道踏子爷床便得亲娘叫，难道我踏子娘床弗是你搭爷。

　　这个名分正不成，胡乱些罢。"大细"，儿女之称。"喇茄"，犹云怠慢。

卷四私情四句

姓

郎姓齐,姐姓齐,赠嫁个丫头也姓齐。齐家囡儿嫁来齐家去,半夜里番身齐对齐。　郎姓毛,姐姓毛,赠嫁个丫头也姓毛。毛家囡儿嫁来毛家去,半夜里番身毛对毛。

被　席

红绫子被出松江,细心白席在山塘。被盖子郎来郎盖子我,席衬子奴来奴衬子郎。

出

当官银匠出细丝,护短爷娘出俊儿。道学先生口里出子孔夫子,情人眼里出西施。

　　情眼出底才是真正西施,假使西施在今反未必会好也。即如孔夫子,当时削迹伐木,受尽苦楚,比得道学先生口里说得去,行得通否?

新

新种个茨菇弗长得根,新开面店弗会裹馄饨。新出景个嫖客还涨红子脸，那了新开荤阿姐会寻人。

要

郎种荷花姐要莲，姐养花蚕郎要绵。井泉吊水奴要桶，姐做汗衫郎要穿。

比

凭你春山弗比得姐个青，凭你秋波弗比得姐个明。凭你夜明珠弗比得姐个宝，凭你心肝弗比得姐个亲。

<small>有舟妇制《劝郎歌》颇佳，因附此："劝郎莫爱溪曲曲，一棹沿洄，失却清如玉。奴有秋波湛湛明，觑郎无转瞩。　劝郎莫爱两重山，帆转山回，霎时云雾间。奴有春山眉黛小，凭郎朝夜看。　劝郎莫爱杏遮袆，雨余红褪，点点逐春潮。郎试清歌奴小饮，腮边红晕饶。　劝郎莫爱樯乌啼，乌啼哑哑，何曾心向谁。奴为郎啼郎弗信，验取旧青衣。　劝郎莫爱维船柳，飐乱飞花，故扑行人首。奴把心情紧紧拴，为郎端的守。　劝郎莫爱湖心月，短桨轻桡，搅得圆还缺。奴愿团圞到白头，不作些时别。　劝郎莫爱汀洲雁，一篙打起，嘹呖惊飞散。纵有风波突地邪，奴心终不变。"</small>

会

铁店里婆娘会打钉，皂隶家婆会捉人。外郎娘子会行房事，染坊店里会撒青。

<small>第三句或作"打生船上姐儿会弄鸟"，亦可。</small>

一云:"染坊店里会做青,放债人家会讨银。武官衙里出战将,秀才娘子吃醋精。"亦好。

后　庭

使得枪儿也弄得钯,丢得鲴鱼也扬得鰕。扬,音汤,去声。一般道理无两样,在行姊妹那弗晓得后庭花。

多

天上星多月弗明,池里鱼多水弗清。朝里官多乱子法,阿姐郎多乱子心。

余尝问名妓侯慧卿云:"卿辈阅人多矣,方寸得无乱乎?"曰:"不也。我曹胸中,自有考案一张,如捐额外者不论,稍堪屈指,第一第二以至累十,井井有序。他日情或厚薄,亦复升降其间。傥获奇材,不防黜陟。即终身结果,视此为图,不得其上,转思其次。何乱之有?"余叹美久之。虽然,慧卿自是作家语,若他人未必心不乱也。世间尚有一味淫贪,不知心为何物者。则有心可乱,犹是中庸阿姐。

又

人人骂我毡千人,仔细算来只毡得五百个人。尔不见东家一个囡儿毡子一千人了得佛做,小阿奴奴一尊罗汉稳丢丁。

南无黄金琐子骨菩萨。

又

东也困，西也眠，算来孤老足三千。常言道三世修来难得一处宿，小阿奴奴是九千世修来结个缘。

两　郎

和尚相打光打光，师姑相打扯胸膛。萤火虫相打争光起，四金刚相打争两廊。

又

一个姐儿结识子两个郎，你来吃醋我争光。姐道郎呀，打倒子老虎大家吃块肉，弗如轮流更替捉个大门看。

又

同结个私情没要争，过子黄昏还有五个更。忙月里踏犀我听你监工看，两面糖锣各自荡。

兄　弟

结识子兄弟又结识子个哥，你搭弟兄两个要调和。小阿奴奴有子田儿又要地，买子官窑那少得哥。

婢

瓣子了困，勾子了眠，醒来只剩个大缺连。姐道郎呀，好好里被席那了弗肯困，定要搭个起龌龊丫头地上缠。

　　　好煞人也无干净，莫单说丫头。

姑　嫂

　　姑嫂两个并肩行，两朵鲜花啰里个强。姑道露水里采花还是含蕊儿好，_{蕊，俗音女。}嫂道池里荷花开个香。

又

　　结识子个嫂咦结识子个姑，姑娘能白嫂能乌。深山里落叶弗要扫，脚桶宽来只要箍。

娘　儿

　　娘儿两个并肩行，两朵鲜花啰里个强。囡儿道池里藕儿嫩个好，娘道沙角菱儿老个香。

又

　　结识子囡儿咦要结识子个娘，娘儿两个细商量。竹筒里点火相照管，撑弗过航船船同把浜。

伯　姆

　　三月里清和四月里天，伯姆两个做头眠。啰哩村东头村西头顽皮后生家在我中间过一夜，分明是狭港里撑船拥两边。

姐　妹

　　姐要偷来妹咦要偷，三个人人做一头。好像虎面子上眼睛两个孔，衔猪骔皮匠两边抽。

阿　姨

天上乌云载白云，女婿摇船载丈人。你搭囡儿算命个说道青草里得病枯草里死，千万小阿姨莫许子外头人。

又

一条浜，两条浜，第三条浜里断船行。揪起子竹竿拔起子橹，捉个小阿姨推倒在后船仓。　阿姨道姐夫呀，你弗要慌来弗要忙，放奴奴起来脱衣裳。小阿奴奴好像寄做在人家一缸头白酒，主人未吃你先尝。

又

姐夫强横了要偷阿姨，好像个枕头边筛米满床粞。阿姨道姐夫呀，皂色上还覆教我无染处，馄饨弗熟你再有介一副厚面皮。

争

一朝迷露一朝霜，镜台前手冷懒梳妆。披头散发听娘争嚷，耍般样天气我无郎。　娘道囡儿呀，你弗要慌来弗要忙，我教爹去寻媒话你个郎。六十岁做亲八十岁死，还有廿年夫妇好风光。奇妙。　囡道娘呀，我也弗慌来也弗忙，也弗要爹去寻媒话我个郎。爹爹也弗要来娘房里去，哥哥也弗许听个嫂同床。　争娘弗过听个外婆争。你几岁上贪花养我个娘？娘几岁上贪花养子我？小阿奴奴几岁上养外甥？　外婆道，囡儿弗要听我争。我十六岁贪花养子你个娘，娘十七岁上贪花养子尔，外甥十八正当争。

　　　　一云："外甥囝儿再听外婆争。侪是尔贪花生出子我个娘，我里个娘贪花养子我，教我贪花鹭后生。"更好。

补肩头

　　新做海青白绵绸，吃个喜虫哥咬破子个两肩头。隔壁个姐儿有介双红膝裤，借来我补子两肩头。巧思。　姐道弗识羞弗识羞，啰见红膝裤补来两肩头。咳嗽吐痰就得知你个痰里病，要阿奴奴两脚上肩头。

老人家

　　结识私情没结识个老人家，老人家做事慢他他。后生家见子人来三脚两步闪开子去，老人家还要的的搭搭摸蒲鞋。

　　　　一云："结识私情只结识个俏后生，豁得窗盘跳得墙。一声响觉人在房门外，罗帐内无人好听渠争。"即此意。

又

　　结识私情等结识个老人家，先弗为跳蹧吃醋上结子闲冤家。别人只道是多年尊长空来往，啰道老人家原有老奢遮。

暴后生

　　结识私情没要结识暴后生，渠好似新出螃蜞无肚肠。新造庙堂团团里介画，清明插柳遍传扬。

卷五杂歌四句

亲老婆
天上星多月弗多,雪白样雄鸡当弗得个鹅。煮粥煮饭还是自家田里个米,有病还须亲老婆。

忽然道学。还是无病的日子多。

和　尚
天上星多月弗多,和尚在门前唱山歌。道人问道师父那了能快活,我受子头发讨家婆。

讨了家婆反未必快活,这和尚还是门外汉。

月子弯弯
月子弯弯照九州,几家欢乐几家愁。几家夫妇同罗帐,几家飘散在他州。

一秀才岁考三等,其仆作歌嘲之云:"月子弯弯照九州,几家欢乐几家愁。几家赏子红段子,几家打得血流流。只有我里官人考得好,也无欢乐也无愁。"

乡下人

乡下人弗识枷里人，忽然看见只捉舌头伸。咦弗知头硬了钻穿子个板，咦弗知板里天生个样人。

莫道乡下人定愚，尽有极聪明处。余犹记丙申年间，一乡人榨小船放歌而回，暮夜误触某节推舟，节推曰："汝能即事作歌当释汝。"乡人放声歌曰："天昏日落黑湫湫，小船头砑子大船头。小人是乡下麦嘴弗知世事了撞子个样无头祸，求个青天爷爷千万没落子我个头。"节推大喜，更以壶酒劳而遣之。此节推亦不俗。

筛　油

姐儿打扮忒清奇，再吃乡下个筛油蛮子讨子小便宜。说道娘子，你嫌我筛得弗爽利时要便再滴子丢去，滴叶帝。只没要动手动脚累得滑泥泥。

毡屁姐儿

毡屁匠人做子毡屁床，毡屁姐儿嫁子毡屁郎。毡折子床傍打地铺，毡穿子地皮见阎王。

"见阎王"三字，大可玩。昔人云："妇人是阎王皂隶，妊童是阎王催批。"正此意。

毡𡯛囝儿

毡𡯛囝儿轮蛐行，娼个见子气膨膨。娼如俗呼唱音。虽然弗是大买卖，再吃个星小猢狲介一枪。

娈童

献娈个学生新做子亲,娈,又去声。捱子新人就要干窟臀。姐儿仔细思量两件东西侪是郎君个,便得渠留前支后要正经。

> 张伯起先生有所欢,既婚而瘦,赠以歌云:"个样新郎忒煞尪,看看面上肉无多。思量家公真难做,弗如依旧做家婆。"俊绝,一时诵之。

又

东南风起白迷迷,那哩献娈个家公瞒过子妻。世界翻腾人改变,婆娘家倒要做乌龟。

风臀

三十年个花树老了乂,三十年个冬春一把查。三十年个家生也用弗得,那了三十岁个风臀还氆耗。

> 有好男者,谓"三十岁其味始全",见此歌必曰谤臀矣。

丑妇

百草开花趁子春里个天,丑婆娘也要靠在大门前。六月里圆炉弗动火,酱缸淡子惹增盐。

麻

隔河看见子一团花,走到门前满面麻。若要隔河听渠做点私情事,世间那得更个长鸡巴。

十麻九俏，这想是第十个麻子。

胡　子

十个胡子九个骚，十个婆娘九个妖。婆娘那了再学子胡子个样，膀哈喇哩也有一团毛。

孝

姐儿生性怕穿红，见子介个孤孀娘子打扮得忒玲珑。常言道若要俏时添重孝，嘿嘿里心头咒老公。

大人家阿姐

大街上行人弗怕个牛，大场里赌客弗怕个头。大县里差人弗怕个打，大人家阿姐弗怕羞。

又

讨个姐儿没讨个小人家个秧，宁可增钱大人家强。小人家一味虀糟无出息，大人家博学有商量。

大人家阿嫂

大人家阿嫂跟轿来，翠蓝裙青袄一个好身材。花花轿里个娘娘弗比得跟轿个好，到弗如让个轿人拨来阿嫂抬。

嫖

有子吹笙咦要箫，有子船行咦要桥。有子鱼吃咦要肉，那得有子家婆弗要嫖。

瘦　妓
　　嫖小娘儿没嫖个胖婆娘，宁可增钱瘦个强。你弗见肥猪肉吃子一星两星便觉油烟气，骨炙儿牙得里头香。

壮　妓
　　嫖小娘儿没嫖个活骷髅，宁可增钱把壮个收。六月里着肉窘丢丢介再有趣，冬天一身褥子软柔柔。

大脚妓
　　嫖小娘莫拣大脚个嫖，渠个脚力忒大那相交。就是送个物事来渠也难理会，一双鞋面还要贴换两三遭。

又
　　嫖小娘须拣大脚个嫖，行来爽宕又风骚。冬天软柔柔腿上能着肉，夏天蒲扇两肩摇。

拣孤老
　　荐本上升官弗认个真，黄册上派差弗审个贫。市学里先生弗拣学生子，那了小娘倒要拣客人。

八十婆婆
　　八十婆婆要嫁人，寻头讨脑骂乡邻。脚跟里水窠老皮里介痒，多年裙带再是老腰精。

骗

　　姐儿骗我进房门，忽地里盖老归来教我那脱身。郎道姐儿呀，一铁搭挤出子十七八个夜叉侪是地里鬼，四对半门神九片人。

杀七夫

　　姐儿命硬嫁子七个夫，第七个看看咦要尵。听得算命先生讲道铜盆铁帚硬对子硬方无事，阿奴只恨家公软了无奈何。

　　　　曾记《哭七夫·清江引》云："张皮赵铁王打毡龚锡匠陆弓箭阿寿官孙搭爷尽来吃羹饭，我的天天天天天天天。"词亦趣。

小家公

　　一个鸭蛋弗哺两个雏，一个殿上弗挂两个钟。城门散子要帮铁，婆娘家咦有小家公。

洗生姜

　　姐在河头洗生姜，洗生姜，有介个蟛蜞走来膀中行。姐道蟛蜞阿哥来做耍，蟛蜞道河干水浅要听蚌商量。

乌　龟

　　栀子花开心里香，乌龟也要养婆娘。卖子馄饨买面吃，猪肝白肠那亨生。

私情报

偷子私情转得自家个门,家婆再也来搭结私情。只舍得别人弗舍得自,男人家啰许你能欺心。

美 妻

绝标致个家婆捉来弗直钱,再搭东夹壁个喇哒婆娘做一连。个样事务才是五百年前冤魂帐,舍子黄金抱绿砖。

承恩不在貌,教妾若为容,世上一种大不平事。

唱山歌

郎唱山歌响铃铃,北寺塔造起子两三层。南山和尚塔上打拳露出子个样真本事,下头人快活难为子上头人。

又

千阿哥,万阿哥,那了再来我里街前屋下唱山歌。唱得小阿奴奴千叶牡丹花心里悠悠拽拽介动,好似绣花针拨动疥虫窠。

卷六咏物四句

风

情哥郎好像狂风吹到阿奴前,揭袄牵裙弗避介点嫌。姐道我郎呀,你道无影无踪个样事务看弗见捉弗着也防备别人听得子,我只是关紧子房门弗听你缠。

又

结识私情好像风,只为你南北东西再来里惯撮空。姐道郎呀,你侬九十日春光弗曾着子奴一日个肉,我只爱你来无形迹去无踪。

一云:"结识私情好像风,娇滴滴个鲜花吃你采子红。姐道郎呀,我只道你飘扬心性吹得过,弗匡你一场云雨便成空。"亦可。

花

姐儿生来像花开,花心未动等春来。囫囵囵两瓣只消得一滴清香露,日里含羞夜里开。

砚

砚台姐原是牢石人,吃个墨池里郎来污子我个身。拿介管乌弗三白弗四个笔来捉个小阿奴奴千万牖，牖音敝。直牖得我漕中水尽便休停。

笔
姐儿青青白白像笔能，再搭个书房里蜘伴结私情。蜘音陶。凭你亲夫拘管得紧，管定子头来管弗得身。

棋
收子象棋着围棋，姐道我郎呀，你着着双关教我那亨移。零了中间吃郎打子辘轳结，结来结去死还渠。

又
收子围棋着象棋，石炮当头须防两肋车。我只道你双马饮泉叉起子个羊角士，啰道你一卒钻心教我难动移。

双 陆
情哥好像双陆能，吃渠把住子门儿教我那亨奔。姐道郎呀，我因为你个贪赢让你拿个中心来做实子，那你还有多呵故迟跌打弗停身。

骰 子
结识私情像骰子能，吃郎君灌铅着药弄得骨头轻。要快要缓只在奴心上，你弗要呼么喝六惊动子外头人。

又

结识私情没像个骰子能,随人抛掷骨头轻。我当初只道你红红绿绿是介件赢钱货,啰得知你滚来滚去到是一个老么精。

投　壶

结识私情像投壶,一箭两箭专在孔窍上做工夫。姐道郎呀,你没要过门不入来我面上做惯子个样缩手势,我听你斜插花强似以多为胜赌中壶。

一云:"姐儿生来爱投壶,也弗来输赢上底做工夫。当初只学得一个杨妃睡,那间又会子雁衔芦。"

球

结识私情像气球,一团和气两边丢。姐道郎呀,我只爱你知轻识重随高下,缘何跟人走滚弄虚头。

捷　踢

结识私情像个捷踢能,个个顽皮精脚脚来搭卖风情。姐道郎呀,我搭你剔起之时再无介脚野脚吃个星轻脚鬼来拾子去,冷天光也要吃你累得汗淋身。

鹞　子

情哥郎瘦骨棱层好像鹞子能,生来薄幅独取尔个点有风情。姐道郎呀,那你说子风情就要飞得起介去,我有介条软麻绳缠子了弗放你就番身。

香　筒

　　姐儿生来像香筒，身上花描肚里通。姐道郎呀，常点子三更两更你个火心还弗退，直弄到心灰意懒眼朦胧。

　　　　一云："结识私情像香筒，外头花巧里头空。郎做子红柄线香插着子我个孔，未曾动火眼朦胧。"略同。

荷　包

　　结识私情像荷包，出出进进只爱你个口儿牢。姐道我郎呀，你有子铜钱银子但凭你阁来呵，只没要无钱空把布裙嚻。

毡　条

　　结识私情像毡条，伏伏帖帖枕席做相交。姐道郎呀，奴当初是一条囫囵鲜红真好货，啰道你蛀成子大洞便相抛。

帐

　　结识私情像个帐子能，生来飘拽动人心。姐道郎呀，我听你遮后遮前私房两个自快活，啰怕外头有僭恶风声。

睡　鞋

　　结识私情好像鞋子能，帮帮衬衬费子许多心。看你行作动步只道你勤来往，啰道你黄昏头脱子直到大天明。

珠

结识私情好像珠子般，圆圆一粒望你眼儿穿。姐道郎呀，你弗来时我枕边吊落子千千万，没要因奴黄子了贱相看。

海 青

结识私情像海青，因为贪裁吃郎着子身。要长要短凭郎改，外夫端正里夫村。

算 盘

结识私情像个算盘来，明白来往弗拨来个外人猜。姐道郎呀，我搭你上落指望直到九九八十一，啰知你除三归五就丢开。

鳌 等

结识私情好像鳌等能，浑身扭捏侪是假星星。姐道郎呀，只有吃个硬壳乌龟拘管得我介紧，无钱弗放我自开门。

消息子

我里情哥郎好像消息子能，身才一捻骨头轻。进来出去能即溜，教小阿奴奴关着子毛头便痒杀人。

扇 子

结识私情好像扇子能，骨清面白有风情。间边有画弗知个边个字，上头箍紧下销钉。

网巾圈

结识私情要像个网巾圈,日夜成双一线牵。两块玉合来原是一块玉,当面分开背后联。

又

结识私情没要像个网巾圈,名色成双几曾做一连。当初只道顶来头上能恩爱,如今撇我在脑后边。

夜　壶

结识私情像夜壶,无冷无热捉我半夜里攝。姐道郎呀,一遭两遭弗知应子你多少个急,教阿奴奴肚皮大子好难过。

粪　箕

结识私情像粪箕,只没要搭个苕帚两个做夫妻。我里两人侪是个样劈竹性,蓦地里奔来就有子泥。

烟　条

姐儿生来篾条长介像烟条,情哥郎当面就飘牢。飘,音得。吃渠用力勤抽屑满子我个肚,害奴奴遍身夜夜火来烧。

蜡　烛

姐儿生来好像蜡烛能,煎熬到底一条心。姐道郎呀,我黄昏夜晚滴子若干个风流泪,再无面前背后弗光明。

灯　笼

　　结识私情像灯笼，千钉万烛教你莫通风。姐道郎呀，你暗头里走来那了能有亮，引得小阿奴奴火动满身红。

走马灯

　　结识私情好像走马灯，吃你拨动子个机关再来里斗斗能。一时间火发吃你骗得团团转，如今再高阁在暗头里子弗分明。

箸

　　姐儿生来身小骨头轻，吃郎君捻住像个快儿能。姐道郎呀，我当初金镶银镶那吃个篾片阿哥弄成子我个轻薄样，撞来尽盘将军手里弗曾停。

茶　注

　　结识私情好像茶注能，冷热温炖待子多少人。炖，音吞。我为子你个冤家吃子多少苦，那了你前头清爽后来浑。

酒　钟

　　结识私情好像钟子能，里头光滑外头青。只有贪杯着子郎个手，吃郎亲亲啧啧再斟斟。
　　　　一云："姐儿从小何曾挡酒钟，挡，当去声。吃郎君弄得面皮红。郎要干时奴告免，小阿奴奴年幼吃弗得介一大钟。"亦好。

攒　盒

　　结识私情好像攒盒能，逢着酒荡紧随身。就是一碟两碟略尝滋味自有多少个趣，你没要快儿头擉动子弗留停。

鼓

　　结识私情鼓一般，钉紧子个张皮弗放宽。姐道郎呀，放下子鼓槌我劝你少擂子遭罢，漏子风声教我那亨瞒。

爆　杖

　　情哥郎燥暴好像爆杖能，逢人动火只为你有个散漫个名。姐道郎呀，你动轧霹拍之声耍了能响快，小阿奴奴借尔个凶势头好去吓乡邻。

流　星

　　结识私情像流星，到处钻天忒煞轻。姐道郎呀，小阿奴奴焠得火蟦介欢喜子你，那了你一道狼烟就无处寻。

伞

　　结识私情好像雨伞能，上头云雨下头晴。姐道郎呀，你对孔一插直掮来肩头上，两手撑开水直淋。

又

　　结识私情好像雨伞能，瞒子天天我里私下晴。姐道郎呀，个样有天无日头个事你也弗要怕，我听你撑开篾片下销钉。

又

结识私情没要像个雨伞能,只图云雨弗图晴。拨出子销钉放下子个手,浑身骨解水淋淋。

墨　斗

姐儿好像墨斗一般般,吃情哥揿住子奴身只捉眼来看。姐道郎呀,我线路上来原来线路上去,从弗曾走差斜路惹包弹。

吊　桶

结识私情像个吊桶能,一时枯得便来寻。姐道郎呀,我只撞弯子腰来际凑子你,那你越捉我颠颠倒倒弗停身。

　　一云:"姐儿生来好像吊桶能,吃个篾片圈留缠住子身。我娘呀,你上箍下箍箍得奴介紧,投河奔井若条绳。"

粽　子

结识私情像个粽子能,济楚衣裳到是糯米心。姐道郎呀,撞你介个馋痨捉我剥得精出子,一连两个正救子肚饥人。

馒　头

姐儿胸前有介两个肉馒头,单纱衫映出子咦像水晶球。一发发起来就像钱高阿鼎店里个主货,无钱也弗肯下郎喉。

　　钱高阿鼎,吴中馒头店之有名者。

又

结识私情像个馒头能,道是无心也有心。郎道姐呀,我为你面生受子多呵浑闷气,那间没要拍破子面皮弗认真。

面　筋

姐儿生来紫糖色了像面筋,惹人团搦惹人蒸。姐道郎呀,小阿奴奴是个主热烘烘新出笼个清水货,你没疑心我麸多弗作成。

荸荠茨菇

郎替娇娘像荸荠,荸荠要搭茨菇两个做夫妻。茨菇叶生来就像姐儿两膀当中个主货,荸荠心透出也像情哥郎个件好东西。

香　圆

结识私情像香圆,那了你面皮黄瘦皱漫漫。当初只道是暗老沉香滚得过,弗匡你锐圜圜满肚是尖酸。锐音夺。

茶

结识私情好像茶叶能,团圆一篓有收成。姐道郎呀,我嫩蕊经汤把旗枪儿来放倒,啰知你年年弃旧又尝新。

一云:"姐儿生得矮婆婆,好像南山老茶棵。日里吃郎扯来拽,夜里凭郎搦来挪。"

梅　子

　　姐儿像个梅子能，嫁着子介个郎君口软阿一介弗爱青。姐道郎呀，我当初青春翠翠那间吃你弄得黄熟子，弗由我根由蒂瓣骂梅仁。

茄　子

　　姐儿光头滑面好像茄子能，爱穿青袄紫罗裙。虽是霜打风吹九秋末后像子个黄婆子，还有介星老瓢身分惹人寻。

夜合花

　　约郎约到夜合开，那了夜合花开弗见来。我只指望夜合花开夜夜合，啰道夜合花开夜夜开。

葵　花

　　姐儿好像蜀葵能，胸中一片是丹诚。姐道郎呀，我捉你当子天上日头一心只对子你，你没要阴晴无准弗照阿奴心。

蟋　蟀

　　姐儿生得紫堂色好双黑眼睛，有人绰号白牙青。郎道姐呀，你只怕牵着子大头长脚真三色，斗得你牙钳放解直姜姜倘在尺中心。

跋弗倒

　　郎有介件东西像个跋弗倒个能，光头滑面又像个老寿星。姐道我郎呀，看你趱上趱下能硬挣，趱，敲去声。只怕你纸糊头当弗起我个水淋淋。

船
结识私情像只船，竖起子舠竿浪里颠。姐道郎呀，个样风水小阿奴奴常经惯，你只要挡牢子个舵梗莫贪眠。

又
郎把舵，姐撑篙，郎若撑时姐便摇。姐道郎呀，逆水里篙只要撑得好，郎若头歪奴便艄。

又
郎撑船，姐摇船，耍样风潮有介多呵颠。姐挡子橹牙全靠郎打水，郎越撑篙姐越扳。

篷
小阿姐儿随人上落像个一扇篷，拿着紧处弗放松。去时啰管回头日，眼前且使尽子一帆风。

钓鱼船
结识私情好像钓鱼船，命犯子个风波终日浪里颠。姐道郎呀，我弗合上子你个钩儿吞子你个钓，那更挽住子个香腮凭你穿。

鱼

一对乌背鲫鱼在荷花池里做鸳鸯，吃个黑鱼游来赶散子场。只有个油嘴鲹条在搭团团里看，鳜鱼肚里气膨膨。

鼠

同郎困到一更天，老虫哥再来帐外数铜钱。小阿姐儿吃个听弗过了捉个情郎一脚踢觉子，_{觉音告。}你个困猫团那了只贪眠。

卷七私情杂体

笃痒

姐儿笃痒无药医，跑到东边跑到西。梅香道姐儿拾了弗烧杓热汤来豁豁。姐道梅香呀，你是晓得个，热汤只豁得外头皮。

<small>此歌闻之松江傅四，傅亦名姝也。松人谓"阴"为"笃"。</small>

田鸡

百样鸟儿百样声，只有青花样个田鸡叫得忒分明。半夜三更跳来小阿奴奴南纱窗前荷花缸根头，金丝荷叶上，高叫三声，低叫三声。说道阁来呵，阁来呵。再辫辫，再辫辫。叫得小阿奴奴小肚子底下膝馒头上的手掌大介一搭，痛弗痛，痒勿痒。好像杨六使将军征子九溪南蛮十八洞，得胜回朝系在绿杨树底下个匹红骠白马个鼻头歇歇里介动，又像个隔年破伞水淋淋。

上桥

郎上桥，姐上桥，风吹裙带缠郎腰。好个阵头弗落得雨，青天龙挂惹人瞟。惹人瞟，惹人瞟，小阿姐儿再来红罗帐里造仙桥。若有村东头，村西头，南北两横头，二十后生连垂头。肯来小阿奴奴仙桥上过，怕郎君落水抱郎腰。

摆祠堂

万苦千辛结识子个郎，我郎君命短见阎王。爹娘面前弗敢带重孝，短短头梳袖里藏。袖里藏，袖里藏，再来检妆里面摆祠堂。几遍梳头几遍哭，只见祠堂弗见郎。

借个星

郎听姐儿借个星，半个时晨弗做声。白绢汗衫掩子嘴唇迷迷里介笑，线札羊毛必定成。必定成，必定成，待奴奴归去禀娘声。娘道囡儿呀，看子我老来无人要，你后生家及早做人情。

好个令堂。与一卷"二十去子廿一来"只同意。

吃樱桃

日落西山影弗高，姐担子竹榜打樱桃。打子四九三十六个樱桃安来红篮里，要郎君摸奶吃樱桃。吃樱桃，话樱桃，嫌奴奴拉闸手鏖糟。小阿奴奴金盆洗子银盆里过，白罗帕子转三遭。

摹写郎骄姐谄，可笑可憎。

船舺婆

船舺里打铺船舱里齐，船舺婆一夜忒顽皮。吃个船舱里客人听得子，朝晨头侪对子我笑嘻嘻。笑嘻嘻，笑嘻嘻，亏你昨夜那忍得到晓鸡啼。小阿奴奴私房本事侪吃你听会子去，只怕你搭家婆到弗得我介会顽皮。

约

栀子花开心里香，情哥郎约我到秋凉。梧桐叶乱，桂花又香。更更做梦，寙寙思量。姐道郎呀，你有口无心没许子我，教奴奴那得介慢心肠。

咒　骂

我情郎一去好希奇，经夏过秋再弗归。归，俗音居。当初来往，是谁请你。如今撇我，被人说是讲非。姐道郎呀，个样事对人前说弗得也有天知道，我只顾夜夜烧香咒骂渠。

敲　门

拔只金簪在门上丢丢里介敲，姐儿连忙下地把灯挑。夜深人静，谁人乱敲。开门去看，呀，原来是旧交。姐道郎呀，七月七个夜头你来得正凑子个巧，省得小阿奴奴镬子里无油空自熬。

后庭心

姐儿生来身小眼即伶，吃郎推倒在后庭心。硬郎不过，只得顺情。被人看见，坏奴好名。姐道郎呀，我好像黄砂石上磨刀只要快，你生萝葡到口豁声能。

又

姐儿生来身小眼即伶，吃郎推倒后庭心。硬郎不过，只得顺情。霎时上叉，把好听的叫声。郎道姐儿呀，果子树上参梯终须到子我个手，鼓当中元宝只要瞒子大大银。

钉鬼门

私情起意未曾曾，咦有闲人搬来我里个听。并无形迹，由他讲论。虽然不信，钉奴鬼门。好像卵袋打人头弗痛，子细思量激恼人。

小囡儿

新做墙门黑枪篱，篱篱里面有介个小囡儿。天灾神祸，张做甚的。吃娘看见，一场是非。姐道郎呀，你好像折脚鹭丝躲在沙滩上，眼看子鲜鱼忍肚饥。

   一云："郎做子鹭丝云头上飞，姐做子鲹鱼水面上齐。郎道姐呀，我吃个打生船上人多落弗得个脚，眼看鲜鱼忍肚饥。"

老阿姐

老阿姐儿去寻人，寻来寻去寻着子一个小官人。千方百计，骗他动情。脱裙解裤，抱他上身。姐道郎呀，好像冷水里洗疮杀弗得我个痒，月亮里灯笼空挂明。

操　琴

姐在房中织白绫，郎来窗外手操琴。琴声嘹喨，停梭便听。一弹再鼓，教人动情。姐道郎呀，小阿奴奴好像七弦琴上生丝线，要我郎君怀抱作娇声。

绰　板

姐儿生来像个绰板能，逢着子我郎君会绰了就紧随身。做腔做调，忒杀好听。要紧要慢，随意称心。姐道郎呀，我取你个多记腰板生成点得好，你只没要打差子个迎头截板教我冷清清。

象　棋

结识私情像象棋，棋逢敌手费心机。渠用当头石炮，我有士象支持。渠用卒儿拥进，我个马会邪移。姐道郎呀，你摊出子将军头要捉我做个塞杀将，小阿奴奴也有个踏车形势两逼车。

黄　瓜

黄瓜生来像姐儿，只为你聪脆清香括擦子渠。一碟两碟，千丝万丝。蒜来伴你，想是爱吃醋的。姐道郎呀，吃你一连几括直括到小阿奴奴子宫里，如今水流流软倒做一堆。

锯　子

结识私情好像锯子能，来来往往忒殷勤。两人把手，线路上行。伶牙俐齿，背后绊绳。姐道郎呀，腰里着雾舍了能紧俏，你没要进门便屑子了就行程。

寂　寞

昨夜郎来热了介忙，今夜无郎冷了介慌。千恩万爱，思量几场。孤灯只影，凄凉满床。阳台梦杳魂飘荡。姐道郎呀，褥子上番身无席摸，千条锦被弗如郎。

卷八 私情长歌

丢砖头

丢砖头了搬子场，弗曾听我情哥说一声。我那间羹汤篮提子个糠虾来里眼泪出，升箩里坐子蚕茧细思量。【白】细思量，细思量，我里个情哥是个铁心肠。我搬来里子一个月日，你也弗直得来看看张张。料道弗离个苏松常镇庐凤淮扬，偺个来个铜关口外，远处他方。你弗见我又结识子别个依先快活，正弗知我歇歇思量。【歌】正是莲蓬梗打人拼子私情断，我是砉糠里劚鱼瓢肚肠。劚音驰。

田

姐儿私房有个丘三角田，自小收拾在身边。忽朝一日无钱用，将田要典我郎钱。【白】郎道姐儿呀，我有个钱，典你个田。要还我四址明白，啰里连牵。姐道郎呀，我有个田，典你个钱。自然还你四址明白，啰里连牵。东址白膀湾，西址大腿边。南址三岔路口，北址肚家门前。又好插个光头糯，又好种个硬梗鲜。【歌】我个郎呀，你要日里拔秧夜里莳，凭你荒年没荒子奴个丘田。

船

昨夜同郎做头眠，干红栏子合腮肩。四只膀儿好像鳗鲤叉，橹人正对子填脐边。【白】填脐边，填脐边，妆子橹掣便摇船。推个推来扳个扳，掀铃吭郎浪头颠。颠得饭潭眼里侪是水，利市头上弗曾干。打湿子一领骧襄衣犹自可，袂包正挂在樋堂前。【歌】郎道姐儿呀，我替你前长后短个样事务尽丢开子手，且拔起子枚头抹干净子个只船。

木　梳

结识私情好像木梳能，我侬柱子听你介相思结发情。【白】吃个镜子来里做眼，编篦着弗得个蓬尘。篦音箅，竹为之，可取蛾虱。俗作偏箕，误也。牙刷子只等你开口，绊头带来里缱筋。眉刷弗住介掠来掠去，刮舌又介掀嘴撩唇。朗梳斜连鬓脚后跟赶上，剔篦来得殷勤。【歌】姐道郎呀，我听你一通两通也只是空来往，到弗如肥皂光光滚着子身。

蒸　笼

结识私情像蒸笼，要我肉面相逢弗放空。因为你会安排落来你个圈套里，未曾动火气冲冲。【白】气冲冲，气冲冲，思思切切在心中。我为你受子几呵头头脑脑尽阁在肚里，长长短短侪听你包容。我曾经九蒸三煤，弗是一窍弗通。你人门前捉我团团搦搦，我并弗曾恨穷。弄得我肚里有酿，我也只弗走风。那你常时在我面上淘气做身撅分，馒头倒大子蒸笼。思量更介弗好，到弗如傍热拆散子罢。省得后来冷气直冲。【歌】姐道郎呀，我只指望你火气退时依还听你重相聚，啰得知后来原哄得我精空。

钻　子

郎儿生来好像钻子一般般，吃渠拿个软麻绳缠住子了弗放宽。上箍下箍箍紧子我，你自家快活没拨来别人钻。【白】别人钻，别人钻，我郎消遣子我介两三番。和身靠紧我来用力，一双眼睛弗住介捉我来关关。你个心上测得火着，我倒有气无烟。那便用筋把力，再歇歇便四手乘瘫。【歌】姐道我郎呀，消进消出，吃你尖酸头弄大子我个眼，两人绞热子了屑来孔门边。

求老公

来个姐儿上穿青，下穿红，手拿香盒过桥东。路上行人问道，姐儿你在啰里去，我到处烧香求老公。【白】别人家嫁个老公七伶俐，八玲珑，又长又大又充同。偏有小阿奴奴年灾月悔，命犯孤穷。嫁着子介个乌龟亡八，亡八，俗云王霸。生得又麻又瞎又痴又聋。上床好似背板纤，下床好似鸡踏雄。昨夜一更后，二更中，爬来小阿奴奴头边来学打雄。髭须擂痛子奴个嘴，鼻涕流来累子奴个胸。惹得小阿奴奴心性发，一脚踢倒在里床东。【歌】只有五更头小阿奴奴熬弗得，捉渠仝装只一摸，好似烟熏萝卜火烧葱。【皂罗袍】这般模样，教我怎容。因此别寻一个好家公。

竹夫人

做人弗要像个竹夫人,受只多少炎凉自在心。硬子骨头开子眼,看我人情势败像秋云。【白】像秋云,像秋云,小阿奴奴原弗是低微下贱人。你只知我今日个落运,弗知我当初个出身。乔松是我前辈,梅花是我随身。清风是我好友,明月是我佳宾。当初个伯夷叔齐也是我里远祖,湘妃也是我里至亲。且喜子孙繁盛,历代有介星清名。也有人喜欢我个高节,也有人赏鉴我个知音。弗匡撞子个恶作篾片,拖出山林。捉我出皮剔骨,我只是开心见诚。捏得我两头弗露,做得我出路无门。露出子多少眼目,又陪子两个小心。挑我来十字街头东卖也弗要,西卖也弗成。弗识货个见子我七孔八窍一个光棍,识货个见子我玲玲珑珑一个凉人。增钱买我家去,放我来红纱帐子里安身。辮子我恩恩爱爱,勾子我殷殷勤勤。辮子我汗弗离身,勾子我手弗离颈。指望百年同到老,啰道七月七立秋之日,风波当时起,恶念容易兴。娘子官人咦道我碰脚绊手,丫头阿姐咦咒我离眼别睛。横弗中渠个意,竖弗像渠个心。一射射我来门阁落里,累子我满身个蓬尘。我吃个伤心了唱介两句曲子,自家叹个自身。【排歌】亏心汉,薄幸人,谁知转眼就无情。【歌】世上弗是有子秋冬无春夏,你搭个起得时人休笑我失时人。

汤婆子竹夫人相骂

姐儿馒团阒垃像汤婆,人门前稳重又温和。未到黄昏捉我捆了摸,拿我肚皮常滚得我急箍箍。【白】急箍箍,急箍箍,情哥郎派攦忒无徒。当初拿子小阿奴奴好似珍珠玛瑙,活宝珊瑚。道是我热闹闹介有趣,暖烘烘介对科。弗比薰笼介碍事,又强如火炭个脚炉。被里时常相会,席上弗住介揩磨。我指望搭你无个分开日脚,啰得知立子春来看看捉我冷疏。丢我来踏板上理也弗理,睃也弗睃。一夜子搭个家主婆困在床上,说道会,_{吴俗相呼曰会}那了你弗欢喜子个汤家里个。再说道渠个年纪忒多。汤婆听得,眼泪直铺。官人呀,【黄莺儿】名色号汤婆,戊戌生,年不多,汤家还是我的亲生父。我只为热心肠似火,俏冤家爱我。苦怜我被窝中准夜如牵磨,一脚就碾开奴。到如今经风露水,你心上道如何。【白】说郎弗转,自跌个胸脯。恨我里个爷娘弄得我一点无个还覆,柱子你也来我个面上废子多少工夫。我那间拨来别人介轻贱,算来长情倒弗如酒注茶壶。【歌】姐道郎呀,寒寒冷冷护子你多少脚,那间倒捉个竹夫人做子小家婆。竹夫人听得子气膨膨,出口就骂老惜春。你是冬来我是夏,缘何牵扰阿娘身。【白】阿娘身,阿娘身,惯要来个人前说别人。几次人前说我懒朴要困,个是家主公欢喜我个风情。你未到黄昏就叛来个被里,我看你倦上头个点动紧。汤婆子说道,亏你羞也弗识,自道风情。我看你精赤洒洒,无介点趣向,弗如个老太婆包包扎扎有介两件衣身。竹夫人说道,杨梅干吃介两个,忒煞恶心。包包扎扎便是布头布脑,有要绿袄红裙。吃个张官人哩落你个意利好像汁罐,吃个李大舍说你个气质就似汤瓶。汤婆子喝面一啐,你好像灯台弗照自身。我近看子你活像个炭篰个嘴脸,我远看子你好似蟹篰个糁形。阁子家主公多少个毛腿，听子家主婆几呵个风声。竹夫人便说道我强如你吞个家主婆个双臭脚，强如你做个家主公帮丁。我生来眼目清爽，肚里一点小心。短弗局促，长弗伶仃。壮弗擂堆，瘦弗薄轻。汤婆子说道，我骨格重你两两，我价色多是你十分。凭你说我悭吝，强如你篾片个妖精。两个相争斗殴，搂子一个黄昏。啰道是个家主婆听得，喝骂高声。一个无介点大小，一个弗让介点卑尊。两个俏跪来搭，直到更尽夜深。汤婆子对子个竹夫人纽嘴纽面，竹夫人就说起前因。【黄莺儿】想起旧恩情，竹夫人，浪得名。虽与他同床不得同衾枕，搂抱我在身。心儿里感承，谁知不久成孤另。悔初心，只为趋炎附势，如今落得冷清清。【白】啰道是个家主公听得，竹夫人说得伤心。【歌】家主公喝子竹夫人起来，你下遭再弗许你个样劈竹性。汤婆子，你弗许你热绰绰乱搂要温存。

笼 灯

姐儿生来像笼灯，有量情哥捉我寻。因为偷光犯子个事，后来忒底坏奴名。【白】坏奴名，坏奴名，阿奴细说我郎君。你正日介来张头望颈，眼看奴身。你道是我短又弗局蹴，长又弗伶仃。因是更了我听你有子个情意，一日子月黑夜暗操子我就奔。操音桀。也弗管三更半夜，也弗管雨落天阴。也弗管地下个沟荡，挨过子多少个巷门。也弗管个更铺里个夜夫，也弗怕路上撞着子个巡兵。金锣一响，吓得我冷汗淋身。一到到子屋里，我方才得个放心。啰道是伴得你年把也弗上，你就要弃旧恋新。屈来啰里说起，撞你介个贼精。郎道你弗要辞劳叹苦，懊悔连声。你当初白白净净，紫气腾腾。你那间浑身好像个油篓，满面拌子个灰尘。人门前全勿鸷好，头上箍子介条草绳。夜里只好拿你来应急趟趟，日里干耍个正经。还有介多呵弗好，我一发说来你听听。【打枣歌】怕只怕你火性儿时常不定，照了前又照子后不顾自身，一身破损通风信。长与别人好，又与小人跟，转一个湾儿我这里见你的影。【白】姐儿嗑面介一啐，就骂个负义薄情。你当初淬得火着介要我，一夜弗放我离身。我也弗知光辉子你多少，也弗知替你瞒子几呵个风声。你只厌我眼前个腌润，弗念我起初个鲜明。【歌】你捉我提得起来放得下，我只搂得你灶前火烛无一星。

老 鼠

　　郎儿生得好像老鼠一般般，夜里出去偷情日里闲。未到黄昏出来张了看，但等无人只一钻。【白】只一钻，只一钻，阿奴欢喜小尖酸。来去身松快便，两只眼睛谷碌碌会看会观。听得人声一躲，火光背后就缩做子一团。能会巴檐上屋，又会椽柱爬梁。也弗怕铜墙铁壁，也弗怕户闭门关。也弗怕竹签笆隔，也弗怕直楞窗盘。一夜子钻进子我个屋里，走到子我个房前。扯着子个房帘上金铃索声能介一响，_{帘，音簾。}吓得我冷汗直钻。我里个阿爹慌忙咳嗽，我里个阿娘口里开谈，便话道阿囡耍响。我明明里晓得你臭贼，做势困着弗敢开言。个个臭贼当时使一个计较，立地就用一个机关。口里谷谷声做介两声婆鸡叫活像，连连声数介两声铜钱。我里阿爹说道老阿妈，你小心些火烛。阿娘说道老老呀，没介偆个报应，明朝早些起来求介一条灵签。我里臭贼听得子一发胆大，连忙对子我被里一钻。就要搭小阿奴奴不三不四不四不三，一张嘴好似石块，一双脚好像冰团。【黄莺儿】两脚像冰团，被窝中快快钻，偷油手段把偷香按。虽然未安，得欢且欢，只愁五个更儿短。嘱咐俏心肝，他老人家醒困，须是悄悄好遮瞒。【歌】姐道我郎呀，你没要爬爬懒懒介趁意利，惊动我里门角落里困猫团。

　　一云："结识私情像老鼠一般般，未到黄昏各处去钻。倚墙阁壁，转过画栏。穿窗入户，到奴枕旁，奴的东西被你长偷惯。姐道老鼠阿哥呀，今后要来须是轻脚轻手介走，没要吓觉我里困猫团。"意略同。

困弗着

　　姐儿困弗着好心焦，思量子我里个情哥只捉脚来跳。好像漏湿子个文书失约子我，冷锅里筛油测测里熬。【白】测测里熬，测测里熬，姐儿口骂杀千刀。我蓦传教寄信来叫你，你蓦好像个讨冷债个能介有多呵今日了明朝。【皂罗袍】堪叹薄情难料，把佳期做了流水萍飘。柳丝暗结玉肌消，落红惹得朱颜恼。情牵意挂，山长水遥。月明古驿，东风画桥。那人何事还不到。【白】姐儿气子介一气，噎漫漫眼泪介双抛。只见灯花连报，喜鹊连连又叫子介多遭。姐儿正在疑惑，只听得窗外门敲。小阿奴奴连忙赶搭出去，来窗眼里张着子个臭贼了便胆丧了魂消。我便开弗及个门闩，拔弗及个门销。渠再一走走进子个大门，对子房里一跪，就来动手动脚搛住子我个横腰。我便做势介一个苦毒假意介个心焦。【桂南枝】黄昏静悄，我把被儿来薰了。看看等到月上花梢，杳冥冥全无消耗。听残更漏鼓，那时你方才来到。我把脸儿变了，他跪在床前告。我假意焦，恨不得咬定牙，只是忍不住笑。【白】郎说道姐儿，我弗是恋新弃旧，只是路远山遥。今夜我来迟失信，望你宽洪姐姐饶饶。姐儿双手扶郎起来，你弗要支花野味了唠叨。【歌】姐道我郎呀，好像一脚踢开子个绣球丢落子个气，做介个脱衣势子听你跌三交。

歪　缠

　　姐儿生来眼睛鲜，弗知趣后生死命歪思缠。镜子里相逢只怕难着肉，笼糠绞索要绳难。【白】要绳难，要绳难，姐听后生说一番。你无些事干，耍了在个条街上跳灶王个能介奔来奔去，我看你淡滋滋耍了常坐在我里门前。我自有正经搭别人说话，再不要你接口传言。小男儿哭我自然会抱，啰要你进来脵脵坐坐。一味里支花野味，我看你手里无介半个铜钱。你常摸进来搭我挨肩擦背，你常时捉我拽拽布衫。我匡备道要听你苦毒跋舌，我也算后思前。我若听你扯破子个面皮，你就要从头至尾捉我来牵扳。我虽无儓篷尘落在你眼里，你搭个起男人家，好弗会生事造言。我只得耐子糨气，足足里吃你浪搭子介一年。一日姐儿立在大门口，瞭个菜蔬过去，只见钓鱼个走到面前。肩头上背子鱼笼，腰里插子个钓竿。左手提子介一篅，右手拿子介一篮。姐儿便问个钓鱼个，儴鱼来呵？钓鱼个口里娘子连连。筲里尽是宿鲫，篮里尽是鳗鲤鱿鳝。我落色不要，鲫鱼要多少铜钱？娘子，银子二分半白脸，铜钱要廿七个黄边。正来里说价钱弗了，后生看见鼻搭嘴踵赶到门前。_{踵音铳。}劈手一夺拿个筲里播播，提个篮里颠颠。阿呀，个个活跳，真个新鲜。煮起来好吃，煎起来又介鲜甜。我看见渠弗见介惹气，钉子渠两个眼拳。我也无介气力听渠叉嘴，自听卖鱼个开言。渔翁，你那了做介生意，一日进多少铜钱？娘子呀，大个弗肯上钓，小个弗肯上前。大个卖来将就买点柴米，小个只好换些油盐。姐儿就拿钓鱼个来借名凿字，拿个后生来说介一番。【打枣歌】我笑你钓鱼人本是个痴心汉，枉终朝在河边手执着钓竿。那鱼儿上你钓也要两相情愿。上了你的钓心儿上便喜，倘若不上你的钓你也枉徒然。只怕你想断了肝肠也，看破了这双眼。【歌】只怕你立到夜来饿到黑，那得个花嘴钉鲥到嘴边。后生见话气膨膨，将言几句答娇娘。你没要欺瞒钓鱼汉，钓鱼蒻里出贤良。韩信钓鱼寄食漂母，后来筑坛拜将封子齐王。姜太公钓鱼寿年八十得遇子文王，扶持周朝天下，至今春秋二祭风光。严子陵钓鱼撞着东海里龙王，一留留进龙宫海藏。镇日吟诗作赋饮宴，啰得知三宫主欢喜子，搭渠水晶宫里匹配鸾凰。姐儿说道后生家啰里学搭来油嘴，满口尽是荒唐。姜太公韩信三岁男儿晓得，从来弗听得儴严子陵搭个三宫主匹配鸾凰。一味里尽是嚼蛆乱降，拿个肯来一赏。你且去介去介，猪有猪圈，羊有羊棚。后生无些样当，弗见更个面光。欲要回言两声无点起因发角，回转头来看见子卖草纸个后生。就叫卖草纸个,你阿有萧山,阿有富阳。卖草纸个说无得,一头便是包扎,一头便是薄光。那买?包扎要二分个雪去,薄光要八厘冰王。咦,弗要介多呵,包扎十个嘉靖,薄光半分冰王。卖草纸个拿个扁担一嘱,看看后生,那了介还得介能贱,个又要强。你只好看看,弗能个到手,没要思量。后生听得子个两句说话,火星就爆出子个太阳。夹嘴两击,就是一个巴掌。借名凿字,数说娇娘。【打枣歌】卖草纸的人,你本是狗娘养。卖不卖肯不肯由你做主张,缘何到把人冲撞。你这样稀烂的纸,不知我也用过了许多张。你不卖与区区也,区区也不想。【歌】你个样烂贱个东西方便门里去,后来弄得粉碎臭朋朋。

卷九 杂咏长歌

陈妈妈

　　陈家妈妈有人缘，风月场中走子几呵年。【白】小阿奴奴名头虽然人尽晓得，只弗知我起先个族谱相传。我出身原是湖州个大细，当初跟随子织女天仙。弗匡道沉埋，得我更个凌替。吃个姐儿扯到身边，淹流到那间个时节，弄得我忒弗新鲜。我先前是红娘子结亲时挂歇个星锦帐，又是绿衣郎登科时穿旧个星蓝衫。到如今再捉我做子被头里个抹布，常搭我风流所在去缠绵。湿时节好像海蜇个风味，干时节像荷叶样个蓝班。绉瞞瞞像厨司公汤碗里个紫菜，腌哒咦像湖广客人盐酱筒里烂丢丢个星鱼干。撞着子新做亲介星顽皮精姐姐，日夜捉我搭来拈弄。遇着子私窠子会搂打个星娘娘，也弗住介累得我腥膻。壮罗多，油碌碌，新出笼馒头能个样物事，在上游了游，到有星滋味。骨稜层，瘦乖乖，霍在肉上个样东西在上缴了缴，再惹得我介膙膙。有介骚离离掀格腊个样寡妇，时常捉我搊搊。又有个极妖娆最风趣个样尼姑，尽捉我来牵牵。黑松林底下我弗知看子若干个光景，肚家场当中也吃我游玩得子介千千。玉门关上周回四遭替渠个巡哨，毛将军玉柱上头下头也替渠着根介周旋。双膀弯里我常常在搭风流飘荡，笼须席底下也吃我困得介安闲。个星轻薄后生见面弗得介捉我取笑，我笑渠无我了你湿搭搭那得介安眠。独吃湖州亲眷常来替我合嘴，亏杀子汤家姐姐替我合得人缘。那间我里情哥赠我介只曲子，你侬替我唱搭去宣宣。【皂罗袍】妈妈从来堪羡，伴佳人才子暮寝朝眠。任他结下好姻缘，遇咱才卸得相思担。色非红紫，香非麝兰。合欢帐里，鸳鸯枕边。论功劳咱是个亲篾片。【歌】我吃个淹润着人了还子多少风流债，雨散云收做一团。

门　神

　　结识私情像门神，恋新弃旧忒忘情。【白】记得去年大年三十夜，捉我千刷万刷，刷得我心悦诚服。千嘱万嘱，嘱得我一板个正经。我虽然图你糊口之计，你也敬得我介如神。我只望替你同家日活，撑立个门庭。有介一起轻薄后生捉我摸手摸脚，我只是声色弗动。并弗容介个闲神野鬼，上你搭个大门。我为你受子许多个烹风露水，带月披星。看破子几呵个檐头贼智，听得子几呵个壁缝里个风声。你当先见我颜色新鲜那亨介喝彩，装扮得花噪加倍介奉承。那间帖得筋皮力尽，磨得我头鬓蓬尘。弗上一年个光景，只思量别恋个新人。你看我弗像个士女，我也道是你弗是个善人。就要捻我出去，弗匡你起介一片个毒心。遇着介个残冬腊月，一刻也弗容我留停。你拿个冷水来泼我个身上，我还道是你取笑。拿个笔帚来支我，我也只弗做声。扯破子我个衣裳只是忍耐，撅破子我个面孔方才道是你认真。我吃你刮又刮得介测赖,铲又铲得介尽情。屈来,我吃你介场擦刮了去介,你做人忒弗长情。我有介只曲子在里到唱来你听听。【玉胞肚】君心忒忍,恋新人浑忘旧人。想旧人昔日曾新,料新人未必常新。新人有日变初心,追悔当初弃旧人。【歌】姐道我个郎呀,那间我看你搭大门前个前船就是后船眼,算来只好一年新。

鞋　子

　　姐儿生来鞋子能,身上花苗颜色精,吃个搭袜缠个情。郎看见子我,整日在面前引了引。【白】引了引,引了引,一日里上子我大门。渠见子我迷花笑眼,我听渠说话也到知音。骜我松江尤墩衬里,外盖绸段簇新。爱我口儿紧括,喜我浅面低跟。又弗比靴头样越嘴越脸,又弗像急棚棚个样河豚。也弗论价钱多少,开子银包便称。当时成子交易,对合着袋子了就奔。一走走到半路,我自家肚里跨论。看子后生十分像意,弗知那亨个家门。原来是好人家脚气,弗是个样打弗穿个脚跟。厅堂才是平洋洋个砖地,房里又是光滑滑个地平。我指望搭渠一夫一妇,啰得知先有子四个冤魂。陈桥阿妈见子我一歇上头笃嘴笃脸,荡口娘娘见子我努眼凸睛。西山头姨姨看见子我乡谈弗绝,六葱姐见子我市语连声。一个说我浆丢头个迟货,一个说我还复个弗是真身。一个说我客料比弗得松江个有趣,一个说我一出货到弗得南京轿夫营个绝精。我受子介番批点,气子一个黄昏。且耐过子今夜,看大官人明朝那捉我看承。巴得大天白亮,只听得闹闹响介敲门,再是三兄四弟拉我里官人去游春。听听我里个说道要带我同走，慌忙随子渠子起身。到处游山玩景，弗曾离个脚跟。我只道一生之事，啰匡弗大长情。弗管天晴雨落，捉我乱步乱奔。兼之黄昏早晚，丢丢丢丢弄得我溥嘴溥面蹭跟。旧时捉我做出人前卖俏个妆扮，那间捉我做个通房拖脚看成。冷清清踏板上好一分无兴，耍来头现在渠搭四个冤魂个眼睛。我吃忍气弗过，唱只曲子来你听听。【驻云飞】我是绸绢通身，举步生风前后云，里外多帮衬，行动都齐整。嗦，只为足下欠真诚，脚斜不正。弄得我头绽跟穿，齷齪无干净。如今个弃旧怜新恼杀人，骂你胡行老脚跟。【白】郎君听得子个只曲子，床上一个番身。会，你正弗说自家弗是，到骂我弃旧怜新。你当初精精致致，那间乌皂泥泾。当初光头滑面，那间毛头精形。且没说你多呵弗好，就是你唱个只曲子阿一介难听。你那弗学六葱介省事，西山介俭纯。那弗学荡口介细腻，陈桥介老成。你既是冤三撅四，还你介个整旧如新。只见明朝叫住子介个镇江皮匠，打子四个厾子两个硬跟。拿我准来渠子，挑子我了行程。一捯捯我在箩头里子，我思量个一出去也无造化做个娘子夫人。跟子皮匠虽是肩挑步担，一夫一妇死也甘心。细皮薄切将就过子日子，只要匾担同心。啰得知个个臭贼囤子里贩卖，原来介出整旧如新。热汤捉我洗洗，也是个道理，冷水没头介一淋。石块能介个鞠头，对子我肚里一塞，硬板刷擦得我性命难存。连锤再锤锤得我介要紧，只苦得三尺麻绳。皮匠听得子我说又道是我怨命，倒转了鞠头一连七八击打得我消魂。【歌】奉劝姐儿没要自道是脚力大，就是拖脚蒲鞋还胜子左嫁人。

吴语"再醮"曰"左嫁人"。左,俗音际。

镬　子

　　姐儿生来镬子能,一生口厂也无心。吃个木头能介个家公差配子我,整日教我闷闷昏昏气杀子人。【白】气杀人,气杀人,也无早起无黄昏,压紧子我,弗放番身。有时拿我动火,热炊炊也再有趣,杀子火,依先教我冷冷清清。大鱼大肉拖来便油脂隔腻介是我周捉,我何曾下口介一星。蜊挞丫头个齷齪也倒耐子,馊酸个阿婆辞劳一发难听。过日子你搭多烧子介一把了烧子个饭滞,倒说我馋痨了要吃,前月个做分子烧难为子柴火,咦道是我蛮皮了弗替你搭当心。我里阿公道是费柴费火了略拿个灰钯来动得介一动,你搭合家门一歇上底就彳彳丁丁吓出子我精魂。拿我掇出子门槛,推倒在庭心。拿个热铁铲来超子我介七八个耳光,刮镬钯来打子我十数击背心。钹我搭转来兜嘴介两撞,又弗容我汪气汪声。我便火闸闸子介一昼,就是一杓冷水捉我浑身介一淋。我吃子更介铲刮修削,教我那亨存身。我思量整日在厨房下转过子个日脚,何曾见个光景,踏尽子灶前灰了那得有个超升。我那间吃气弗过,生子介个肚漏,身体热了又烧破子嘴唇。补药吃来无用,看看性命难存。屈来灶君菩萨,嘎到子介个田地,还弗容我安宁。过子年三十夜,拿到圆炉上当个火盆。咦要我支持拜节个茶汤茶水,咦要我照管个男儿大细个点心。一到子正月半,你搭受子个零碎银子,咦要来我身上煎介个煎饼。你搭自弗小心,吃个白日撞偷子物事,你再去请子个天地,扎子个草人。籴子个黄豆,也来打个奴身。打得百践粉碎,折开子我个盖老,卖来别人。换子一个汤罐,倒找子渠银子三分。上子野蛮子个担上,一挑挑出子闾门。【黄莺儿】挑出那闾门,上新桥望北行,冶坊浜里家居近,姓王近村,三代有名。家中大小多得甚,细详论,指望一夫一妇,原来靠此做营生。【歌】安我来粪箕里一丢丢子我来炉里去,依先入子个火坑门。

烧香娘娘

春二三月暖洋洋,姐儿打扮去烧香。【白】乡下人一味老实,城里人十分介轻狂。屋里精无一塌,硬三蛮极要行。便去央求对门知心妈妈,又央求隔壁着意个娘娘。请你来再无别事,有一句知心话替你商量。我从小许子穸窿山香愿,至今还弗曾去了偿。昨夜头偶然得介一梦,三茚菩萨派我灾殃。那间我要还还个心愿,百无一有难行。头上少介两件首饰,身上要介几件衣裳。家公便道娘呀,目下无柴少米,做生意咦介无赚处个孔方。春季屋钱要紧,米钱又无偺抵当。烧香虽则是个好事,算来要费介二钱个放光。白银曰放光。姐儿听得子个句说话,心火爆出子个太阳。天灾神祸骂子几句,乌龟亡八也骂子千万百声。抬儿朓凳只听得霹雳拍拉,碗盏壶瓶流水倾匡。【猫儿坠】天灾神祸,打你大巴掌。谁许你胡言乱主张,我今立意要烧香。无狀。再开言,教你满身青胖。【白】姐儿凶似老虎,家公奔似山獐。吓倒子对门个妈妈,踏痛子隔壁个娘娘。两人百般介解劝,听我说个衷肠。玉帝也弗离个金殿,闺女也弗出个绣房。官人也是做人家个说话,并无半句派赖个肚肠。【桂枝香】听奴说诉,非奴之过。只因亡八无知,致使我心中发怒。把从前细数,从前细数。与他多年夫妇,几见他撑持门户,尽亏奴。若不去还香愿,非为女丈夫。【白】姐道娘呀,无奈何,头上嵌珠子天鹅绒云髻,要借介一个。芙蓉锦绫子包头借介一方,兰花头玉簪要借一只,丁香环子借介一双。徐管家娘子有一个金镶玉观音押鬓,陈卖肉新妇有两只摘金桃个凤凰。张大姐有个涂金蝴蝶,李三阿妈借子点翠个螳螂。四个铜钱替我条红头绳扎子个螺蛳,饶星鹿角菜来刷刷个鬓傍。讨一圆香圆肥皂打打身上,拆拽介两根安息香熏熏个衣裳。头上便是介个光景,身上那亨商量。借介件绵绸衫桃红夹袄来衬里,外头个单衫,弗拘荸桃青或是柳黄。花绸连裙洒线披风各要一件,白地青镶靴头鞋对脚膝裤各要一双。再借一付洗白脚带,一发称副子个衣裳。两人听得吃生能介一笑,弗匡你介忒要风光。【驻云飞】上告娘行,借物虽多尽不妨。感你多情况,教我难推让。咪,首饰共衣裳,管教停当。事事俱完,免挂心儿上。明日安心去进香。【白】姐儿道个样也算来是个小事,我先脱个小衣裳洗洗浆浆。打发两人转背,就央个姑妈外甥。收捉铜杓注子两件,同两领补打个衣裳。替我拿来典当里去当当,买停当子纸马牙香。蜡烛要介两对,还要介一块千张。籴子三升白米,明朝煮饭,一箍松箍今夜烧子个浴汤。兑介钱半八成银子,还个船轿,换介三十新铸铜钱,我打发个叫化个婆娘。色样一齐完备,明朝打点早行。

【懒画眉】娇娘早起拂装台，炭画蛾眉粉弹腮。只愁装不就好身材，尽情把衣饰来穿戴。且喜得人家肯借来。【白】梳妆打扮完备，摇摇摆摆下子船舱。船家嘴里也再弗说，肚里千思百量。若能替渠歇介一夜，再贴渠介五钱个放光。【皂罗袍】好个风流气象，看不肥不瘦，不短不长，端端正正坐船舱。时兴衣服乔装扮，粉香脂气，分明是麝兰，娇音细语，分明是凤凰。只听得唤一声家长，使我魂飘荡。【白】船一摇摇到木渎，轿夫斗夺来抢。姐道众人也弗要啰皂，听我说介个主张。轿钱还你一钱银子，依我处处要行。先到穹窿山还子香愿，后到玄墓山看看假山经堂。转来要到天池看看石殿，再到一云徐家坟上张张。还要看金山寺里坐关个和尚，天平山看看范文正公个祠堂。前头老实个轿夫道我也无个样气力，后头闪出两个轩岕腊个后生。便道轿钱也弗敢多要，路上便要吃介两遭个酒浆。等我抬你满山兜，便奉承你星气力，你也弗要慌忙。姐儿坐子轿子装模做样，引动了多少个后生。有个道是出乡个观音菩萨，有个道是抄化个陈州娘娘。【香柳娘】这抬来女娘，这抬来女娘，身材停当，乡村那得神仙降。怎禁他这巧妆，怎当他这俏妆。只少个小红娘，莺莺无两样。看蜂喧蝶嚷，看蜂喧蝶嚷，到处生香，令人妄想。【白】看看日头落子，姐儿肚里又介心慌。夜晚头边有星走失，借别人介多呵物事，教我拿僮陪偿。慌忙赶到屋里，撞着子多呵个婶娘。说弗尽路上个景致，话弗了山上个风光。只听得大门呀生能介一响，再是讨衣裳个阿妈娘娘。慌忙头上除下子首饰，身上卸落子衣裳。两人抬头一看，满身剥得精光。【歌】方才金光参殿，像个常熟山上新装塑个尊观音佛，那间破珠挼撒，好像个盘门路里趸乌龟算命个星臭婆娘。

破骔帽歌

　　有介一只山歌唱你侬听，新翻腾打扮弄聪明。【白】也弗唱蒲鞋毡袜，也弗唱直掇海青。也弗唱绢裙绫袴，也弗唱香袋汗巾。单题唱个头上帽子，历代几样翻新。旧时作尖顶长号，后来改子平顶鼓墩，咦有缨子朗锁密结瓦棱。惟有小张官人头上帽子戴又戴得个停当，盔又盔得介娉婷。光油油露出子杭州丫髻，亮晃晃插起重庆金簪，后头捯出子双螭虎圈子，前头推起子九针子网巾。帽子带得介长远，年深月久成精。忽朝一日头上说话，叫声小张官人。我一跟跟你两三巡黄册，你一戴戴我二三十个清明。春秋四季并弗曾盔顶绗丝罗帽，寒冬腊月并弗曾盔顶羢帽毡巾。总成你相交子多少姹童窠子，陪伴子若干监生举人，看子多少提偶扮戏游湖踏青。唱船里人中显贵，酒楼上闹里夺尊。捉个猪胆去油，教我受子多少腌臜苦恼，捉个百药箭上色，教我吃子多少乌皂泥觔。板刷常常相会，引线弗曾离身。一日子修理得介停当，戴出子阊门。月城里遇着子朋友说话，聚集子东西来往无数个闲人。看呆子山东贩骔侉子，立痴子江西贩帽子个客人。江西老乡谈弗绝，苏州歇后语连声。十字街蟒龙玉乌纱冠石皮得介测癞，老弗识波罗生荔枝圆重夕得介忒村。日头照子好像走差次身头上草帽，雨落湿子好像压匾介一个老人头巾。捻来手里好像拳紧介一只偷瓜蝎,落来地上好像矗起来介一只刺毛莺。修骠帽见子一吓,洗网巾吃子一惊。破靴羊毛换铜钱缉三问四,卖花换葛豆弗曾离门。小张听得几句言语,吓得冷汗直淋。立来无人烟所在,探下来看介一看,真当弗像,只得去贴旧换新。欲要黄帽铺里去讲讲,咦弗好戴子进渠大门。思量无些摆布,只得那借子一顶麻布头巾。绉漫漫好像看坟个董永,软搭搭好像丁忧个洞宾。遇着子承天寺里个和尚,定道请渠领丧,入木,撞见子玄妙观里道士,定道请渠退煞,念经。乡邻赶趁子分子,朋友怕阙子人情。小张道个是我里骠兄便服,弗消得列位介费心。无些意思介一日,只得走转家门。家婆道你出去子介一日,阿曾干子帽子个正经。咳,家婆,弗要话起,走肿子个脚底,擢痛子个背心。饿过子个肚里,看花子个眼睛。帽铺家家走到,价钱个个弗等。只得反渠转来假充一个朗锁戴戴,到下桥行市再寻。弹忒子个龌龊,吹忒子个灰尘上子盔头盔介一盔,屈刚盔子三五六星。小张捶胸跌脚,说道弗匡你介一个收成。家婆道你也弗要大惊小怪,还干若干正经。大块头儿改双凉鞋着着,斜块头儿改子外公头上束发包巾。帽沿拿来做个扎额,我里夏天恍恍,碎块头儿做子一顶细密网巾。骠头骠脑做个刷牙来刷刷,零零碎碎做个香袋薰薰。帽子道我前世作尽子撧孽,你公婆两个摆布得我介尽情。小张道骠兄大哥,帽子大人,你侬弗要出言吐气,我侬唱介一只曲子你听听。

【驻云飞】帽样新鲜不复完,今剩缺连。一向承装观,今日堪埋怨。嗏,戴你不多年。帽子道尽勾你哉,如何稀烂。想是当初，修旧将咱骗。为你冤家费我钱。【白】帽子道鼓弗打弗响，钟弗撞弗鸣。别人戴子风里坐，你戴子我雪里奔。凭你改长改短，我也无怨无嗔。捉我改子外公头上束发包巾，我也感承你顶戴，捉我改子你家婆头上扎额，我也当得奉承。【歌】捉我改子刷牙正要擢你臭贼个张嘴，捉我改子凉鞋正要打碎你个老脚跟。

《游翰琐言》尚有《破毡袜歌》，无味，故不录。

山　人

说山人，话山人，说着山人笑杀人。【白】身穿着僧弗僧俗弗俗个沿落厂袖，头带子方弗方圆弗圆个进士唐巾。弗肯闭门家里坐，肆多多在土地堂里去安身。土地菩萨看见子，连忙起身便来迎。土地道呎，出来，我只道是同僚下降，元来到是你个些光斯欣。光斯欣，市语，犹言光棍。咦弗知是文职武职，咦弗知是监生举人。咦弗知是粮长升级，咦弗知是谂书老人。咦弗来里作揖画卯，咦弗来里放告投文。耍了闹哄哄介挨肩了擦背，急逗逗介作揖了平身。轿夫个个俏做子朋友，皂隶个个俏扳子至亲。带累我土地也弗得安静，无早无晚介打户敲门。我弗知你为倦个事干，仔细替我说个元因。山人上前齐齐作揖，告诉我里的的亲亲个土地尊神。我哩个些人，道假咦弗假，道真咦弗真。做诗咦弗会嘲风弄月，写字咦弗会带草连真。只因为生意淡薄，无奈何进子法门。做买卖咦吃个本钱缺少，要教书咦吃个学堂难寻。要算命咦弗晓得个五行生克，要行医咦弗明白个六脉浮沉。天生子软冻冻介一个担轻弗得步重弗得个肩膊，又生个有劳劳介一张说人话人自害自身个嘴唇。算尽子个三十六策，只得投靠子个有名目个山人。陪子多少个蹲身小坐，吃子我哩几呵煮酒馄饨。方才通得一个名姓，领我见得个大大人。虽然弗指望扬名四海，且乐得荣耀一身。吓落子几呵亲眷，耸动子多少乡邻。因此上也要参参见佛，弗是我哩无事入公门。土地听得个班说话，就连声骂道个些窎说个猢狲。窎音吊。你也忒杀胆大，你也忒杀恶心。廉职咦介扫地，钻刺咦介通神。我见你一蜘进一蜘出，袖子里常有手本。一个上一个落，口里常说个人情。也有时节诈别人酒食，也有时节骗子白金。硬子嘴了了说道恤孤了仗义，曲子肚肠了说道表兄了舍亲。做子几呵腰头俫擦。俫音悉。擦音煞。难道只要闹热个门庭。你个样瞒心昧己，那瞒得灶界六神。若还弗信，待我唱只【驻云飞】来你听听。【驻云飞】笑杀山人，终日忙忙着处跟。头戴无些正，全靠虚帮衬。嗏，口里滴溜清，心肠墨锭。八句歪诗，尝搭公文进。今日胥门接某大人，明日阊门送某大人。【白】山人听子，冷汗淋身。便道土地，忒杀显灵，大家向前讨介一卦，看道阿能勾到底太平。先前得子一个圣笤，以后再打了两个翻身。土地说道在前还有青龙上卦，去后只怕白虎缠身。你也弗消求神请佛，你也弗消得去告斗详星。也弗消得念三官宝诰，也弗消得念救苦真经。【歌】我只劝你得放手时须放手，得饶人处且饶人。

此歌为讥诮山人管闲事而作，故末有"放手""饶人"之句。

或云张伯起先生作，非也。盖旧有此歌，而伯起复润色之耳。

鱼船妇打生人相骂

网船上婆娘童子打生个人，一场相骂闹淫淫。你一声来我一白，也弗输来也弗赢。【白】也弗赢，忒好听，只见个个婆娘参起来叫四邻。便骂道你个丢丢响个乌龟弗要走子去，也搭你搂一个六江水也浑。论起行户中间来我搭你芦蔆上芦蔆下，称起骨头来你八两我半斤。看得别人便是鰕头娘娘能介一点，自家便癞虼虮薘进子天平。蔆音尖。别人道是善善善，倒是鳅篮里拣出来个一张嘴，呵呵呵再是个旱渴精。突出子个双田螺头个眼睛，久惯要是介了鲫戟诈，开子张鲇鱼蜊蚨嘴，只要吃别人星。没得又弗吃你一网兜子，终弗然撑开子船头弗成。得知老娘是个宿鲫个相骂嘴，阿呀呀，气得我个肚皮再像子清明前个河豚。我弗像你搭吊鲚皮个妹子能介弗收管个两脚蚌，也弗像你搭黄鳝嘴家婆能介鼧臭鳝能。当面前吃别人骂绝子个鲫鱼鳖背，背后吃别人挖尽子螺蛳窟臀。你个样正叫子田鸡干，骨里臭，也要伸出子乌龟头做耍人。打生个气得肚膨气胀，便骂道你个个鹐鹈鸬个讨人。一张嘴尝是鸦飞鹊乱，久惯是牛皮鸟筋。面皮便野鸡斑起，白鹮手个双眼睛。连番要做个火老鸦，人人叫你是个白鹞鹰。你也弗曾经我介一弹，弗怕你飞上子青云。等我送得你鹡鹩屎直出，眼见得你搭家公寒鹌鸡能。我弗怕你搭一窠罗个十姊妹，也弗怕你搭鹞鹰头鹊子眼个星小贼精。你再怪鸟能介捉人冲撞，笑你斑鸠教鹈鸪弗看自个槭形。凭你连夜磨尖子鸭嘴，啰里思量天鹅肉来吃星。别人家个婆娘穷做穷干啾啾缩在窠里，并弗曾饪臀鸟能介着处奔奔。鸟，刀上声。

又弗是你撒食养来搭个，那了要你鸟说胚介撒村。等我夹子个张毛鹁鸪看介，你个样雌鸡啼只做个人家弗成。两个相骂子介一昼，聚集子两边两岸无数个闲人。指头大个碎团儿尽夹鰕箝蟹夹，好像野鸭阵飞子介一村。有介一个白头老者喝住子两人，说道鰕弗跳水弗动，见子兔便放个鹰。李家个阿姊你个样鲭鱼头性格啰里去使，张家第三个你个个痴鹅头忒煞认真。各有道路，各自做人。尽弗消得老鹳跌倒，只捉嘴来撑，那了是介水面上使铁搭摊浪得介尽情。西边田里野鸭落，你也弗去支网，东边港里鱼扶头，你也弗去赶青。又弗是争田夺地，天呀，只问你相骂有耍好听。依我劝开子罢，我老人家是一派正经。【歌】并弗是羹碗里鱼头拨拨转，支花野味赵谈春。

　　昔年有赵谈春者，善诙谐。吴语谓"没正经"曰"赵"，因曰"赵谈春"云。

卷十桐城时兴歌

秋　千
　　姐在架上打秋千，郎在地下把丝牵。姐把脚儿高趫起，待郎双手送近前。牵引魂灵飞上天。

素　帕
　　不写情词不写诗，一方素帕寄心知。心知接了颠倒看，横也丝来竖也丝。这般心事有谁知。

葫　芦
　　葫芦小时生得娇，引得人来日日瞧。相交莫学葫芦老，葫芦老时两开交。东也瓢来西也瓢。

剑
　　一张宝剑寄多娇，龙泉三尺放光毫。心肝莫说无情剑，心肝莫说两边刀。要与心肝刎颈交。

笔
　　卷心笔儿是兔毫，翰墨场上走一遭。早知你心容易黑，不如当初淡相交。世间好物不坚牢。

木　梳
　　一个梳儿滑杀人，伶牙俐齿忒聪明。生出许多法儿与奴通惯了，莫要又去通别人。后来无齿没收成。

西　瓜
　　一个西瓜寄多情，叫姐莫学此瓜身。外面青时还好看，恼你肚里许多仁。只为人多坏了身。

茶
　　斟不出茶来把口吹，壶嘴放在姐口里。不如做个茶壶嘴，常在姐口讨便宜。滋味清香分外奇。

塔
　　一座宝塔七层尖，年深月久造得全。我两个相交如造塔，一砖不到枉徒然。人要工夫又要专。

猜　拳
　　我爱心肝生得乖，却把拳儿与你猜。我与心肝共一个，预先与你说明白。若还两个我先开。

又
　　昨日与姐把拳猜，郎问姐拿出几个来。姐说只有郎一个，若有两个你便开。从今莫把荒出来。

天　平

郎做天平姐做针，一头法马一头银。情哥你也不必间敲打，我也知得重和轻。只要针心对针心。

灯　笼

一对灯笼街上行，一个昏来一个明。情哥莫学灯笼千个眼，只学蜡烛一条心。两人相交要长情。

灯　影

一盏孤烛照书斋，更深夜静好难捱。回头观见壁上影，好似我冤家背后来。恨不得翻身搂抱在怀。

鞋

青缎鞋儿绿缎镶，千针万线结成双。买尺白绫来铺底，只要我郎来上帮。心肝莫说短和长。

新　月

新生月儿似银钩，钩住嫦娥在里头。嫦娥也被勾住了，不愁冤家不上钩。栾圆日子在后头。

摇　头

昨日与姐同过桥，调他一句把头摇。待他二八春心动，那时倒扯我上桥。我也学姐把头摇。

调　心

假不假来真不真,我也难调你的心。若要调得真心转,除非丢了心上人。红罗帐里结同心。

恋

恋姐不必胜十分,紫糖色儿正相因。不见山中毛查果,好的都是虫蛀心。话不虚传果是真。

丢

丢郎一丢试他心,看他待我假和真。口虽说丢心还在,荷包收口未收心。怎肯怜新弃旧人。

送　郎

送郎送到五里墩,再送五里当一程。本待送郎三十里,鞋弓袜小步难行。断肠人送断肠人。

又

郎上孤舟妾倚楼,东风吹水送行舟。老天若有留郎意,一夜西风水倒流。五拜拈香三叩头。

募　缘

郎学和尚去修斋,只募良缘不募财。谁家大姐肯施舍,明中去了暗中来。又能长福又消灾。

三秀才

姐家住在儒学傍,相交三个秀才郎。有朝一日登金榜,状元榜眼探花郎。武则天当日做□□□□□,□□□人也不妨。

夹竹桃

前　叙

　　三句山歌一句诗，中间四句是新词。偷今换古，都出巧思，郎情女意，叠成锦玑。编成一本风流谱，赛过新兴银绞丝。

将谓偷闲

　　丝丝绿柳映窗前，系弗住个情哥去后缘。花栏绕遍，春怀可怜，取花消遣，把金瓶水添。梅香不识奴心苦，将谓偷闲学少年。

万紫千红

　　年少娇娘，行过百花亭，只见春风吹动百花新。桃花铺锦，梨花绽银，木香含蕊，蔷薇吐心。姐道，我郎呀，小阿奴奴分明是天上琼花世上少，你莫道万紫千红总是春。

秋千院落

　　春来夜夜忆私情，手托香腮眼看灯。罗帏寂寞，捱过五更，衾寒枕冷，凄凉怎禁。姐道，我郎呀，你自来欢娱所在嫌夜短，教奴奴秋千院落夜沉沉。

出门俱是

　　沉沉春暖百花新，姐儿打扮去游春。粉容娇面，胭脂绛唇，绣鞋罗袜，藕丝绢裙。姐道，我扇子虽拿，遮弗得个众人眼，出门俱是看花人。

月移花影

人人花下尽欣欢，偏有姐忆子情郎心转酸。千花并蕊，偏奴影单，蜂忙蝶乱，知郎在那边。日里个样凄凉，我还排遣得去，当得起个月移花影上栏杆。

计程应说

栏杆月上两更天，别郎容易见郎难。朝来书信，约我重谐凤鸾，眼前不见，教我泪痕怎干。挑起子个红灯，重把书上归期仔细看，计程应说到常山。

绝胜烟柳

山前劝酒别情哥，算来又是半年多。情人一去，有谁伴奴，春来秋去，光阴似梭。姐道，我郎呀，小阿奴奴虽是一朵野花，从弗曾经个蜂蝶采，绝胜烟柳满皇都。

总把新桃

都来腊尽一年多，短命冤家撇子奴。薄情短幸，风流半途，怜新弃旧，前情尽辜。姐道，我侬恨杀子冤家，也去重寻个，总把新桃换旧符。

一朵红云

桃符帖上约情郎，手执子情郎同进房。两情相爱，倒在象床，解开罗带，麝兰喷香。姐道，我侬抱子雪白样情郎，盖子红绫被，好像一朵红云捧玉皇。

门泊东吴

玉皇许我结姻缘,分明是玉女金童做对眠。眼前虽好,他时怎圆,欲图长久,须是改迁。姐道,郎呀,我听你学子个姑苏台上西施去,门泊东吴万里船。

故烧高烛

船前头结缆接情郎,接着子情郎像一块糖。欢眉笑眼,齐入洞房,云浓雨腻,谁觉夜长。情哥郎只怕小阿奴奴困子去,故烧高烛照红妆。

牧童遥指

妆台前插柳是清明,二八娇娘去踏青。寻芳拾翠,千人万人,奴归独自,迷却路程。日落西山,不知啰哩是奴家里,牧童遥指杏花村。

晓窗分与

村前村后结私情,且喜今宵好事成。谯楼无礼,看看五更,昏天黑地,郎要早行。小阿奴奴只推肚痛,要烧个姜汤来吃口,东间壁晓窗分与读书灯。

家家扶得

灯前独坐等郎归,情郎酒醉烂如泥。良辰美景,花枝酒杯,玉楼人醉,金勒马嘶。姐道,弗是我郎一个能贪酒,家家扶得醉人归。

轻烟散入

归来窗上月光斜,个样有信行个情郎,教我那放他。把名香满爇,高烧绛蜡,山盟同设,恩情转加。姐道,郎呀,个星香烛辉煌,才是我搭你两人心里火,莫要放个轻烟散入五侯家。

吹面不寒

家乡迢递信难通,私忆子情郎病转凶。恹恹憔悴,减却旧容,眼昏鼻塞,头儿似空。小阿姐道,我侬做成个样相思病,怕杀子吹面不寒杨柳风。

一枝红杏

风流小姐出妆台,红袄红裙红绣鞋。后园月上,情人可来,无踪无影,只得把梯儿展开。小阿姐儿三寸三分弓鞋,踏上子花梯伸头只一看,分明是一枝红杏出墙来。

杖藜携酒

来迟去慢姐心烦,等待郎来就捻介个酸。低头谢罪,望娘恕宽,只为乡亲拉去,游山路长。姐道,郎呀,你后生家掉子花扑扑个正经弗去干,到跟子个杖藜携酒看芝山。

东风吹水

山前别子我郎回,思忆子情郎常皱眉。危栏独倚,天空鸟飞,眠思梦想,此情为谁。小阿奴奴立在门前,要等郎船到,只见东风吹水绿差差。

轻薄桃花

差千差万跌心头，想起情郎嘴薄嚣嚣，真是油里油。把甜头撒下，要丢怎丢，把佳期辜负，要休怎休。姐道，郎呀，你自家是个样颠狂柳絮无常性，再捉我认子轻薄桃花逐水流。

怕有渔郎

流水桥边正是百花村，姐去攀花撞子介个郎有情。你贪我爱，霎时便成，云收雨散，各自躲身。姐道，郎呀，偷伴来时依旧偷伴去，怕有渔郎来问津。

尽是刘郎

津津流水过桥来，姐忆子情郎心里呆。相思病染，眼儿倦开，容颜消尽，刚剩瘦骸。小阿姐道，我侬个样病根弗是别人种，尽是刘郎去后栽。

前度刘郎

栽花小姐瞌困来，半掩房门懒去开。朦胧睡里，情人自来，裙腰偷解，把奴弄乖。小阿姐道，我觉来时只道巫山梦，再是前度刘郎今又来。

沙上凫雏

来时正是二更天，共郎做个并头莲。销金帐里，情浓意坚，双双戏耍，花心正鲜。姐道，我纤纤玉手勾郎睡，好像沙上凫雏傍母眠。

却教明月

眠到天明郎起来,送郎去了又要约郎来。爱郎难舍,愿郎记怀,夜深人静,奴房自开。姐道,郎呀,今夜介个样天光弗用行灯火,却教明月送将来。

野渡无人

来时正是浅黄昏,吃郎君做到二更深。芙蓉脂肉,贴体伴君,翻来覆去,任郎了情。姐道,情哥郎弄个急水里撑篙真手段,小阿奴奴做个野渡无人舟自横。

缓寻芳草

横山头上白云飞,姐忆子情郎弗见归。只见萋萋芳草,王孙路迷,夜深月落,子规又啼。姐道,小阿奴奴只道情郎撇子我,再是缓寻芳草得归迟。

夕阳箫鼓

迟迟春暖百花飞,思忆情郎心里痴。春光将暮,红轮坠西,绿杨陌上,行人渐稀。姐道,我独坐高楼,眼睁睁介望,只见夕阳箫鼓几船归。

却疑春色

归来日落乱云遮,姐忆情郎眼也花。黄昏时候,还未见他,隔墙好酒,人人要赊。姐道,只听得间壁姐儿房里,像是郎说话,却疑春色在邻家。

青草池塘

家家月上照窗纱,姐儿心里乱如麻。情人一去,何日到家,夜深独坐,长吁短嗟。姐道,郎呀,鸳鸯枕上个打呼声,小阿奴奴还且听弗惯,那再教我青草池塘独听蛙。

莫遣纷纷

蛙声闹,姐心呆,有意情郎踱得来。把奴推倒,罗襦扯开,新红滴露,教奴自揩。小阿姐道,郎呀,宁可将来累子香罗帕,莫遣纷纷点翠苔。

玉人歌舞

苔满阶沿人迹稀,姐儿房里等人痴。孤灯惨淡,玉漏正迟,看看月落,邻鸡又啼。姐道,我一夜五更直守到大天亮,玉人歌舞未曾归。

惟解漫天

归家一向信音稀,往日恩情化子灰。红楼十二,知他向谁,叮咛千万,如今尽虚。姐道,郎呀,你好像风卷杨花无常性,惟解漫天作雪飞。

不是愁中

飞花满地怨东风,姐为伤春减旧容。带围宽摺,金钏又松,长吁短叹,如痴似聋。姐道,我侬年少青春那了无快活,不是愁中即病中。

不信东风

病中日夜望郎归，短命冤家不知啰哩偎。困人天气，相思病危，朝朝悬望，音乖信稀。姐道，郎呀，你侬个样心肠，就是铁能介硬，不信东风唤不回。

丝丝夭棘

回头看见子介个有情郎，我弗枉今朝烧个炷香。他衣衫齐整，年貌正芳，眉来眼去，两下挂肠。姐道，郎呀，你若肯访奴时，奴家弗是无记认，丝丝夭棘出门墙。

多少工夫

墙门阁落里，结识子个有情人，汗巾相赠表奴心。针针线线，是奴缉成，丝丝缕缕，是奴寄情。我郎弗要拿渠来轻抛弃，也不知多少工夫织得成。

不知春去

成双捉对蜜蜂飞，巴巴里个情郎弗见归。粉憔脂悴，魂劳思迷，莺声才歇，子规又啼。姐道一日三秋，只觉日子能长远，不知春去几多时。

又得浮生

时光过子姐心酸，独自个行来到后园。东风庭院，梨花杜鹃，芳心一点，有谁见怜。姐道，我木香棚下，寻个伴儿，讲句衷肠话，又得浮生半日闲。

惟有葵花

闲靠南窗想旧情，情郎弗见挂奴心。从伊别去，杳无信音，海棠开后，直望到今。姐道，我只见满园花事看看了，惟有葵花向日倾。

闲敲棋子

倾盆梅雨湿窗纱，掩转子房门日又斜。画眉人远，相思病加，黄昏将傍，心如乱麻。今夜里冷冷清清，只有梅香来作伴，闲敲棋子落灯花。

闲看儿童

花扑扑个娇娘心易邪，眼前弗见俏冤家。乍晴乍雨，春光又赊，没情没绪，胭脂懒搽。姐道，我遇子个样时光，教我那哼过，闲看儿童捉柳花。

添得黄鹂

花开花谢姐心惊，个样寂莫空房，教我那坐身。闷来闲步，苍苔满庭，绿阴将暗，微风欲曛。姐道，我就走尽子花园，也无僽闹热处，单是添得黄鹂四五声。

困人天气

声声百舌叫春忙，小阿姐房中思忆子郎。蜂歌蝶舞，野花正香，迟迟春昼，教奴怎当。手托香腮不觉昏迷子，正是困人天气日初长。

摘尽枇杷

　　长长短短侪在阿奴心,我听你恩情海样深。新人虽有,难比旧人,今春恩爱,尤胜旧春。姐道,郎呀,我朝暮送新,只为要博个郎个好,摘尽枇杷一树金。

并作南来

　　金凤花开映粉墙,情人来到姐儿房。兰汤浴罢,冰肌伴郎,碧纱厨内,荷花送香。姐道,我竹方床上铺子湘纹簟,并作南来一味凉。

满架蔷薇

　　凉风阵阵过池塘,捉我里个情郎吹进房。重重帘幙,微风送香,游蜂浪蝶,纷纷过墙。姐道,郎呀,便添得一个人人那了能闹热,好像满架蔷薇一院香。

也傍桑阴

　　香香小姐嫁子丑冤家,两鬓蓬松面又介麻。家中物件,锄头水车,扒泥挑粪,插秧种麻。姐道,我侬嫁子个样老公有馇风流处,只得也傍桑阴学种瓜。

才了蚕桑

　　瓜甜藕嫩是炎天,小姐情郎趁少年。纱厨鸳枕,双双并眠,颠鸾倒凤,千般万般。小阿姐道,我搭情郎一夜做子十七八样风流阵,好像才了蚕桑又插田。

短笛无腔

田田荷叶贴方池，姐共情郎春兴迷。郎探花蕊，姐弄玉枝，两情迷恋，颠之倒之。情哥郎伸子尺二舌头要餂砂糖鬌，小阿姐好像短笛无腔信口吹。

两山排闼

吹开池面像个明镜台，小姐梳妆照粉腮。忽然想起，情人不来，懒梳云鬓，闲却凤钗。小阿奴奴淡子蛾眉无人画，柱子两山排闼送青来。

飞入寻常

来千去万尽虚花，只有我搭情哥对弗差。王孙公子，总不似他，墙花路柳，总不似咱。姐道，郎呀，听你做子双双燕子常相对，莫要飞入寻常百姓家。

江城五月

家边邻舍嘴喳喳，议论传来乱似麻。我夫休听，传言总差，若还轻信，将奴枉杀。分明是笛声吹动端阳节，你莫道江城五月真个落梅花。

西出阳关

花开花谢又经春，分别我里情郎只在今。离情无限，送郎几程，劝郎多饮，重唱渭城。姐道，明知一向相交，只有小阿奴奴人一个，西出阳关无故人。

一任两山

　　故人一去弗回头,教我锁住子两道春山暗泪流。薄情司马,空吟白头,风流张尹,何日把愁眉再修。尘昏子个镜台奴弗照,一任两山相对愁。

白云明月

　　愁来茶水弗沾喉,单为情郎心里忧。天涯海角,想到尽头,寸心千里,何时聚首。小阿奴奴望得眼穿郎弗到,只见白云明月两悠悠。

不道人间

　　悠悠咽咽听得唱山歌,看蚕娘子忆情哥。守蚕辛苦,未曾约哥,偶尔采桑行去,他先在桑中候奴。姐道,郎呀,我只道七月七夜头方是巧,不道人间巧已多。

满阶荷叶

　　多花小姐眼朦胧,一见子情郎弗放空。三杯才罢,钮扣便松,良宵美景,幽怀更浓。姐道,郎呀,个样风流正好露天做,满阶荷叶月明中。

卧看牵牛

　　中宵闲步到凉亭,亭前接着子个有情人。轻携玉手,心中暗惊,香腮半贴,亲亲几声。姐道,郎呀,今夜相逢正是七月七,卧看牵牛织女星。

明月明年

星稀月亮半更天，接着子情郎心喜欢。欢情未定，罗带自宽，要求重会，千难万难。姐道，郎呀，今朝今夜，我听你还子个风流债，明月明年何处看。

风景依稀

看看月照姐房前，约郎君同到后花园。太湖石畔，荼蘼架边，风流重整，看看夜阑。姐道，郎呀，旧日姻缘今夜重相会，风景依稀似去年。

直把杭州

年少郎君弗识羞，结子私情又去别处偷。朦胧睡语，露出话头，醒来盘问，他说并没此繇。姐道，郎呀，个样抱李呼张个声气，小阿奴奴耳边听弗得，你直把杭州作汴州。

映日荷花

州前小姐未经风，吃个情郎扯住要做喜相逢。一时难脱，只得强从，鲛绡帕上，染却嫩红。情哥郎羞搭搭拿去灯前看，好像映日荷花别样红。

淡妆浓抹

红裙小姐赛西施，朝朝梳洗点胭脂。乌云飞鬓，远山翠眉，桃腮杏脸，雪白齿齐。郎道，我里小阿姐儿，正是生成一种风流态，淡妆浓抹也相宜。

月钩初上

宜春小姐性贪花,思忆子情郎心里麻。凄凉风景,想他念他,朦胧睡里,分明见他。小阿姐道,我看窗前影子只道郎来到,再是月钩初上紫薇花。

数声渔笛

花花阿姐爱风光,吃郎君推倒后船舱。撑篙把舵,两情正忙,风颠浪急,一番似狂。姐道,郎呀,我听你虽然比弗得别人家,笙箫鼓乐成亲事,也有数声渔笛在沧浪。

一池月浸

沧浪渔笛隔村哗,想起子二八娇娘肉也麻。南威可比,西施不差,汉家飞燕,陈家丽华。个样红粉娇娘,困在白纱帐子里,好像一池月浸紫薇花。

纱帽闲眠

紫薇花发姐心愁,我情郎一去求官不转头。明时金榜,想他名占上流,洞房花烛,愧我有约未酬。姐道,郎呀,料你志诚决弗学子王魁个样亏心事,介时节多分是纱帽闲眠对水鸥。

紫薇花对

鸥眠对对姐心狂,勾紧子情郎入洞房。红颜相贴,倒在象床,同心带绾,鸳鸯凤皇。姐道,郎呀,我听你一样青春一样俏,正是紫薇花对紫薇郎。

为有源头

郎多容貌中奴怀，抱住子中间脚便开。擘开花瓣，轻笼慢挨，酥胸汗湿，春意满怀。郎道，姐呀，你好像石皮上青衣那介能样滑，为有源头活水来。

此日中流

活水里潮来两岸平，姐谢子情郎的的亲。郎将手抱，奴把脚揆，一篙撑进，任郎浅深。姐道，郎做子船来奴做水，此日中流自在行。

回头不是

行行山路白云迷，正是刘阮天台出洞归。尘缘未了，仙境暂离，再来寻访，云深意迷。懊恨当初弗该拆子去，回头不是在山时。

无复明朝

时时刻刻要郎来，再吃夹壁个年老婆婆钉紧子腮。冤家作对，胡猜乱猜，风吹草动，他就把天大的虚辞驾来。小阿奴奴拼得连夜搬场，连夜同郎宿，无复明朝谏疏来。

最是橙黄

来来去去姐相思，鬼病恹恹再弗离。庞儿瘦损，不似旧时，山盟海誓，丢在那些。小阿姐道，我迢迢长夜千船苦，最是橙黄橘绿时。

才有梅花

时过秋来便是冬,姐儿房里闹丛丛。绮罗帐里,花颜酒容,欢呼陆博,开快抢红。情哥郎掷得个么二三四并六点,姐道,才有梅花便不同。

夜半钟声

同心带绾是前年,今夜情郎在那边。银灯送影,春思正牵,子规啼月,愁人未眠。听子帘前铁马,叮叮咚咚个样凄凉韵,分明是夜半钟声到客船。

月中霜里

船中阿姐共郎眠,郎要推时姐要颠。朱颜衬脸,玉臂挽肩,两情恩爱,扭做一团。小阿姐道,开子蓬窗排个风流阵,再是月中霜里斗婵娟。

惹得诗人

娟娟月亮照黄昏,你做子张生,我做崔家里莺。花前月下,吟诗寄情,千秋万载,也要留个风流好名。你若弗信,只看古老上人个本西厢记,惹得诗人说到今。

深深笼水

今夜郎来要看花,姐儿接子便心麻。鸳鸯被里,情浓意洽,珊瑚枕上,钗横鬓斜。姐道,我郎呀,你要风流好处自去随深浅,深深笼水浅笼沙。

雪却输梅

沙头两件好风光,梅是娇娘雪是郎。雪儿能白,梅儿更香,娇香嫩白,姻缘正当。姐道,奴是梅花弗如雪个白,情哥郎道,雪却输梅一段香。

与梅并作

香香小姐住梅村,间壁有个情郎雪样能。奴容雅淡,梅花样清,郎颜洁白,雪花样轻。姐道,郎呀,有雪无梅空自白,儶弗与梅并作十分春。

不脱蓑衣

春来花气正熏人,我郎君烂醉在花阴。和衣睡倒,相将二更,满身花影,沉醉未醒。姐道,我郎再像渔郎宿在芦花岸,不脱蓑衣卧月明。

漫腾腾地

明星亮月晓霜浓,月暗星昏又是雨搭风。残冬暮景,寒威正凶,枕单衾冷,家家尽同。只有小阿姐儿有子介个情郎,在个销金帐里、芙蓉褥上、鸳鸯被下、勾紧子头、贴紧子胸、捺紧子腿双双宿,漫腾腾地暖烘烘。

池上于今

烘烘日暖水滔滔,姐照见子波中容貌娇。粉容花貌,下得便抛,花慵粉懒,教奴怎熬。记得去年介时节,搭子我郎君来个里清水池边,做子个倒凤颠鸾势,池上于今有凤毛。

野芳虽晚
　　毛头阿姐忒贪花,足足里做子三十多年老肉麻。油头粉面,妆扮转佳,出尖卖俏,勾搭转加。姐道,郎呀,东夹壁新做孤孀个八十婆婆,还要寻媒来别嫁,阿奴奴野芳虽晚不须嗟。

四十余年
　　嗟叹年来白发侵,喜得昔日情郎弗变心。朝朝暮暮,看觑甚殷,来来往往,情意甚真。记得十五岁相交,如今五十五,足足受子你介四十余年惠爱深。

君王又进
　　深深柳色暗长堤,浴罢兰汤气力微。花枝无力,倩郎强携,酒肠不耐,被郎强偎。姐道,郎呀,分明是华清宫里杨妃春睡起,君王又进紫霞杯。

怎忍花前
　　杯中照见好花枝,只为贪花酒弗辞。人如花面,花将酒催,对花不饮,花应笑痴。姐道,郎呀,九十日春光容易过,怎忍花前不醉归。

水远山遥
　　归期约我做残冬,等过三春信不通。愁心几叠,云山万重,鱼沉雁杳,欢娱久空。姐道,就是郎弗来时奴该去,只有吃个水远山遥处处同。

莫管城头

　　同郎去看后园花,花底下调情两肉麻。把湖山背靠,花枝手拿,罗襦半褪,云鬟任斜。姐道,郎呀,难得相逢,索性耐子心情再耍歇,莫管城头奏暮笳。

满眼蓬蒿

　　暮笳声起姐心愁,结起子私情弗罢休。朱颜难久,不觉白头,及时欢乐,除死便休。你看盘古以来,多少九烈三贞那间来啰哩,只落得满眼蓬蒿共一丘。

一滴何曾

　　一丘荒垅草连天,姐儿见子共郎言。人生百岁,能几少年,风流挫过,也是枉然。你若不信,只看刘伶坟上土,一滴何曾到九泉。

不妨游衍

　　泉声出涧百花飞,郎去游春要及时。风和日暖,流莺乱啼,绿杨红杏,春光几时。姐道,郎呀,你早早去时早早转,不妨游衍莫忘归。

疑是蟾宫

归家错走到姐门前，吃个姐儿蓦面相逢把袖牵。进他门去，被他紧缠，郎心迷恋，说道，我不回了，就留此眠。月亮底下，抱子花弹能个姐儿只一看，疑是蟾宫谪降仙。

暂时相赏

仙人也要害相思，你弗见刘阮天台分别时。况人非仙比，百年几时，有花须折，莫待无花折枝。姐道，郎呀，小阿奴奴房中，有介春酒一壶花一朵，暂时相赏莫相违。

何用浮名

相违许久得相亲，才得相亲又远行。三年取士，秋闱又春，书箱琴剑，匆匆起程。姐道，郎呀，我听你雪月风花，有僭弗快活，何用浮名绊此身。

五湖烟景

身材小，眼即伶，先结私情晚做亲。鸳鸯枕上，重整旧情，山盟海誓，两下称心。姐道，郎呀，今夜里和叶和枝都付与，正是五湖烟景有谁争。

西楼望月

争得个情郎正少年，来来去去弗连牵。冤家薄幸，把恩情弃捐，这头未了，那头又缠。姐道，郎呀，你做子风卷杨花处处雪，教奴奴西楼望月几时圆。

微躯此外

圆月分明镜照楼，姐儿房内正绸缪。珊瑚枕上，恩情两投，花心一点，与郎紧收。小阿姐道，我今生有子介样一个风流伴，微躯此外复何求。

直欲渔樵

求神问卜弗见郎转程，算来必定为功名。想渔家翁妪，村醪共斟，想樵家夫妇，山蔬共羹。姐道，郎呀，小阿奴奴就博子凤冠霞帔无僭大快活，直欲渔樵过此生。

海鸥何事

生成一对好夫妻，啰要傍人说是非。前缘宿世，恩情怎离，纵然风浪，盟言怎违。姐道，我听情郎本是池上鸳鸯双双常作伴，海鸥何事更相疑。

枕簟仍教

疑千猜万只当乱鸡啼，我听你心坚怕僭闲是非。香肩相并，素手共携，只见鸳鸯双宿，游蜂对飞。姐道，吃个满园风景动子奴个风流兴，枕簟仍教到处随。

愁见河桥

随郎十里到长亭，别子情哥便转身。轻移莲步，神魂暗惊，今朝别去，何日见君。姐道，我侬就是黄连做子舌头能苦切，愁见河桥酒幔青。

男儿到此

青山绿水古今同,男女相思一样浓。玉环魂断,皇家也空,绿珠花坠,豪家也空。只有范蠡扁舟载子西施去,男儿到此是豪雄。

但逢佳节

雄鸡啼罢渐星稀,梦醒巫山郎要归。留郎不住,任郎早回,送郎执手,问郎后期。郎道,姐呀,你有心时我有意,但逢佳节约重陪。

更待银河

陪郎同到木香亭,好像牛郎织女喜相迎。年年七夕,鹊桥会情,一宵欢爱,恩情又分。姐道,我别子情郎若要重相会,更待银河到底清。

夜深搔首

清清独坐绣房中,思忆子情郎忒弗通。抛人一去,竟无影踪,妆台斜倚,泪痕点红。姐道,我红粉弗搽花弗插,夜深搔首叹飞蓬。

相送柴门

蓬松两鬓睡初醒,郎别娇娘要出门。风流才罢,情人要行,花梢月上,谯楼四更。姐道,我恩爱私情弗忍轻离别,相送柴门月色新。

安得元龙

新年里别子我郎舟,教我时常记挂在心头。多情不见,望穿两眸,云山万叠,教奴送愁。姐道,我若望郎须是登高处,安得元龙百尺楼。

断桥垂露

楼高百尺傍河东,姐望郎来路不通。虀虀浅碧,一重又重,夜深人静,罗帏尚空。姐道,我侬好像撑渡船个等人立在河边看,只见断桥垂露滴梧桐。

醉把茱萸

梧桐叶落九秋天,罗帐里无郎懒去眠。黄花已绽,知他那边,金樽独对,泪痕未干。思忆子情郎去年今日登高处,醉把茱萸仔细看。

空戴南冠

看看月上粉墙头,弗见情郎那弗忧。连宵不会,今夜又休,又不知何方羁绊,又不知何事逗遛。姐道,郎呀,介个美约良宵弗来奴处寻快活,再去空戴南冠学楚囚。

余音嘹亮

楚囚深锁恨重重,那得个情郎信息通。从伊一去,歌停笑慵,当初恩爱,落花晓风。姐道,郎呀,你弗记别时小阿奴奴唱个阳关调,余音嘹亮尚飘空。

赏心从此

空庭落叶暮秋时,姐见子郎来笑嘻嘻。离情满抱,今番诉伊,开怀畅饮,黄花满篱。姐道,郎呀,小阿奴奴一寸柔肠化做子丈二软麻绳子,将郎来缚住,赏心从此莫相违。

教儿且覆

违子亲夫要捉个我郎陪,就是十岁亲儿来做媒。花阴月底,密约暗期,潜踪灭迹,必须见机。小阿奴奴房中只要骗得亲夫醉,教儿且覆掌中杯。

不须檀板

杯中有酒是奴斟,再劝情郎饮几分。人生行乐,能有几巡,浅斟低唱,尽可遣情。姐道,郎呀,赏心乐意只是随常便,不须檀板共金樽。

好收吾骨

樽前相别又经年,那得情人到眼前。恹恹多病,谁将信传,看看消瘦,难将命延。姐道,郎呀,就作子我命尽禄绝也要等个郎来到,好收吾骨瘴江边。

酩然直到

江边白浪雪花吹,姐听情郎做一堆。杯中有酒,畅饮莫辞,傍人闲讲,推做不知。姐道,郎呀,天大事来只是拼一醉,酩然直到太平时。

也应无计

时光来到姐儿娇,吃郎君拖住要成交。奴年幼弱,力怯休娇,被郎强逼,教奴苦熬。姐道,郎呀,小阿奴奴就像个世乱人家伴在深山里,也应无计避征徭。

庭院春深

征徭紧急实难逃,个样杂情杂意个郎君真饿痨。也无好丑,逢着做蛔,也无老少,遇着便交。阿奴弗如断子念头归去罢,庭院春深听伯劳。

为问蟠桃

劳子我里情郎把酒沽,沽来花下共欢呼。郎把玉箫按谱,奴唱嘉兴妙歌,歌声箫韵,好似凤皇引雏。姐道,郎呀,个样得意私情,倄弗结子三千岁,为问蟠桃熟也无。

后　序

无中生有把歌翻,诗句拈来凑巧难。从诗次序,并不妄删,郎情女意,并非妄谈。唱子个样山歌,普天下个人儿齐来听,赛过清明三月三。仍接第一句三字。

附录

《挂枝儿》综述

关德栋

《挂枝儿》是明万历后逐渐流行的一种民间时调小曲。当日传唱之盛，从明人论著中述及它的风靡流布和评及它的文学价值的记载之多，以及在明、清之际通俗小说中屡屡以这曲调作为嘲谑之用的情况，约略可以了解。

《挂枝儿》兴起于明万历（1573—1620），到天启、崇祯时代（1621—1644）已风行一时，降及清代初叶，还是余势犹盛的。在这期间谈到民间歌曲的文献资料中，有关《挂枝儿》的记载虽零散，但与记载其他曲调的相比，还是丰富，足以为它描绘出一个简单的轮廓。沈德符《万历野获编》卷二五《时尚小令》条里说："比年以来，又有《打枣干》、《挂枝儿》二曲，其腔约略相似，则不问南北，不问男女，不问老幼良贱，人人习之，亦人人喜听之。以至刊布成帙，举世传诵，沁人心腑。其谱不知从何来，真可骇叹！"范濂《云间据目抄》卷二《记风俗》里说："歌谣词曲，自古有之，惟吾松近年特甚。凡朋辈谐谑，及府县士夫举措稍有乖张，即缀成歌谣之类，传播人口。……而里中恶少，燕居必群唱《银纽丝》《干荷叶》《打枣竿》，竟不知此风从何起也。"顾启元《客座赘语》卷九《俚曲》条里也说："里弄童孺之所喜闻者，旧惟有《傍妆台》《驻云飞》《耍孩儿》……后又有《桐城歌》《挂枝儿》《干荷叶》《打枣干》等。"

可见《挂枝儿》（一名《打枣竿》，竿字或作干，又作幹，理由下详）在当日风靡一时，实已超过从宣德到弘治（1426—1505）以后所流行的《驻云飞》《锁南枝》和《山坡羊》三种曲调了。因而，当时有些文人为它这种风行力所震骇。他们虽不能理解这种民间时调小曲所以能那么繁盛而"骇叹"，可又不得不承认它的优美而称赞。这种重视也并不是偶然的现象，当时不少诗人、作家认为当代的诗作是衰颓了，而接触到民间歌曲时，却感到它具有清新的优点和活泼的气息，正是文人诗作所缺少的东西。在这种对比、分析之下，就提出了一些较进步的看法。如袁宏道《锦帆集》卷二《小修诗序》里说："且夫天下之物，孤行则不可无；必不可无，虽欲废焉而不能。雷同则可以不有；可以不有，则虽欲存焉而不能。故吾谓今之诗文不传矣。其万一传者，或今闾阎妇人孺子所唱《劈破玉》《打草竿》之类。犹是无闻无识真人所作，故多真声；不效颦于汉魏，不学步于盛唐；任性而发，尚能通于人之喜怒哀乐嗜好情欲：是可喜也。"又在他《袁中郎全集》卷二二《与伯修》信里说："近来诗学大进，诗集大饶，诗肠大宽，诗眼大阔。世人以诗为诗，未免为诗苦，弟以《打枣竿》《劈破玉》为诗，故足乐也。"

王骥德《曲律》卷三《杂论上》也说："北人尚余天巧，

今所传《打枣竿》诸小曲,有妙入神品者,南人苦学之,决不能入。盖北之《打枣竿》与吴人之《山歌》,不必文士,皆北里之侠或闺阃之秀,以无意得之。犹诸郑卫诗风,修大雅者反不能作也。"而贺贻孙《诗筏》卷一里更肯定认为:"近日吴中《山歌》《挂枝儿》,语近风谣,无理有情,为近日真诗一线所存。"

据此,可见明代诗人、作家对当代民间时调小曲的喜好和推崇的一斑。他们针对当时文人诗作的复古倾向加以批评,进而指出民间歌曲才是真诗。这种进步的文学见解,当日是很盛行的;甚至个别的复古派的作家也是如此。

凌濛初《南音三籁》卷首附载的《谭曲杂札》里,在谈到当代曲子时也说:"今之时行曲,求一语如唱本《山坡羊》《刮地风》《打枣竿》《吴歌》等中一妙句,所必无也。"可见词曲家对当代民间歌曲的重视,这种看法也是有代表性的。所以,卓珂月确切的指出:"我明诗让唐,词让宋,曲让元,庶几《吴歌》《挂枝儿》《罗江怨》《打枣竿》《银绞丝》之类,为我明一绝耳!"陈宏绪《寒夜录》在记录卓珂月所说的这段话后,曾说:"此言大有识见。明人独创之艺,为前人所无者,只此小曲耳!"又说:"相通一线,遥递元风者,舍冯、施诸作外,其惟《挂枝儿》《打枣竿》等小曲乎!"更说明《挂枝儿》在明代民间时调小曲里,可算代表作了。

上引文献里提到的《打枣干》《打枣竿》《打草竿》和《挂枝儿》等曲调名,其实是一种基本曲调的异名。王骥德

《曲律》卷四《杂论下》里已明确的说过："小曲《挂枝儿》即《打枣竿》"。在孙仁孺《东郭记》第八折有句说白："你二人先学两个《打枣竿》去"，接着举出来的便是两首《挂枝儿》，更证明两名其实是一基本曲调。《挂枝儿》或作《挂真儿》，明刊戏曲选集《万曲长春》卷四中栏选录的《挂枝儿》，即标作《挂真儿》；《金瓶梅词话》第七十四回叙述申二姐唱十二月《挂枝儿》，也标作《挂真儿》；清初琵琶谱《太古传宗》附刊的《弦索调时剧新谱》卷上《小妹子》《崔莺莺旧词》两谱里，各举了一首《挂枝儿》，也都是标作《挂真儿》的。这些都说明《挂枝儿》在流传中存在着异名的情况。我们只须根据习见的《挂枝儿》和《打枣竿》作品的句式考订，从它们共同的格律方面进行研究，就可以证明两者确是同一基本曲调的异名。

总之，《挂枝儿》由于基本格律上的变化，曾有过不同的调名，它起先流行于北方，再传播到南方，最后"则不问南北，不问男女，不问老幼良贱，人人习之，亦人人喜听之"，从十六世纪末就风靡一时了。正是在这种情况影响下，当时一些进步的文人、作家受到它魅力的吸引，不仅欣赏它，而且有人进行了采录蒐集的整理工作。

明代较早记载辑集《挂枝儿》的，除前已引录沈德符《万历野获编》里谈的以外，王骥德《曲律》卷四《杂论下》里说得更具体："小曲《挂枝儿》即《打枣竿》，是北人长技，南人每不能及。昨毛允遂贻我吴中新刻一帙，中如《喷嚏》《枕头》等曲，皆吴人所拟。即韵稍出入，然措意俊妙，虽北人无以加之。故知人情原不相远也。"这里所举的两首作品，仅《喷嚏》见于最通行的《挂枝儿》选本，明浮白山人《适情十种》中的《挂枝儿》一书。可知浮白山人选辑时依据的原底本，实际就是王骥德所得读的"吴中新刻一帙"。

冯梦龙在明代诗人、作家中是研究民间文学、通俗文学用力最勤的人，他为自己辑集《童痴二弄·山歌》写的自序《叙山歌》最末曾说："若夫借男女之真情，发名教之伪药，其功于《挂枝儿》等，故录《挂枝词》，而次及《山歌》。"可知他在辑集《山歌》之前，已先辑集了《挂枝儿》。那么，所谓"吴中新刻一帙"，应该便是这部《挂枝儿》，亦即著名的《童痴一弄》了。沈德符所说"刊布成帙，举世传颂"的，也许就是这部专集。因此，当时才有"冯生《挂枝儿》乐府盛传海内"的说法。

冯梦龙辑集的《挂枝儿》专集，是研究民间文学、通俗文学的学者们早就注意搜求的重要资料；可惜它失传已久。通常所易见到的《挂枝儿》集，只是明、清之际的人根据冯氏辑集本选录的。而冯氏原书则仅能从部分选集约略推想它的大体内容，学者们遂"以未得读其全书为憾"。近年在上海发现了这部保存近四百首《挂枝儿》的明写刻本九卷残本（现藏上海图书馆），虽无序、跋及辑集者的署名，但从它的体例、内容等方面研究，竟是曾久为人们所觅求的冯梦龙辑集的《童痴一弄·挂枝儿》。接着，又在杭州发现浙江图书馆所藏姚梅伯的《今乐府选》中录有《挂枝儿》抄本上、下卷。两本实系同出一个祖本，歧异不大。姚本也略有残缺（姚缺的，九卷残本不缺）及误抄处，并且把评注都删去了。显然，两本的发现，对研究明代民间文学、通俗文学，乃至中国文学史，都很有意义。可以说，这又是近年来中国文学史工作中值得欣幸的一件事。

冯梦龙（1574—1646）是在明代热爱民间文学、通俗文学的文人中，工作较早、贡献最大的一位作家。他几乎是用尽了毕生精力从事着民间文学、通俗文学的蒐集、整理、研究和编写的工作。在编辑明代民间歌曲方面，辑集《童痴二弄·山歌》之前，对当日盛极一时的《挂枝儿》曾先后两次编过专集。《童痴二弄·山歌》自序中提到的《挂枝儿》，或即是这部写刻本。在这写刻本卷三《想部》第十三首《帐》的评注里，谈起该首作品来源时，冯氏说："琵琶妇阿圆，能为新声，兼善清讴，余所极赏。闻余广《挂枝儿》刻，诣余请之，亦出此篇赠余，云传自娄江。"他这种以最大热忱不倦工作的精神，是同时代文人、作家难于与之相比的。明以前人对当代民间歌曲进行蒐集的较少，而与冯氏同时代的文人、作家中，虽有人重视《挂枝儿》之类当代民间时调小曲的，但大规模蒐集，一再刊刻成帙的，却是从他开始。这在中国文学史上也是仅见的事例。

冯梦龙对当时民间时调小曲的重视和研究，绝不是偶然的。他年青时代放荡不羁的生活，使他有机会较广泛的接触到市民阶层，对民间的或市民阶层间的东西熟悉；同时他又是个"学道毋太拘"的人，景仰着像李贽那样反封建传统思想的叛逆者。生活经历和社会影响，使他具有了进步的文学观，在此基础上，遂作出来许多当时文人、作家可能看到而不敢于从事的工作。他对文学的主张，从他所写的《叙山歌》《太霞新奏》中的评论和《酒家佣》的序文等文字里，可以全面了解。要点是：主张文学崇尚自然，创作应由衷而发，反对造作虚浮；推崇民间歌曲，认为它是"性情之响"，"不可废"的"情真"的凝结。并且认为文学是变化发展的。这些，都超出了他同时代文人、作家们的见解。他在《太霞新奏》卷一评秦复庵《望吾乡》套时说："然北之《粉红莲》，南之《挂枝词》，其佳者语多真至，政自难得。彼以腐套填塞为词，视此何如？"在《太霞新奏》发凡中说："今日之曲，又将为昔日之诗，词肤调乱，而不足以达人之情性，势必再变而之《粉红莲》《打枣竿》矣。"这种看法无疑是相当精辟和进步的。冯氏就是持此文学观，不畏当时人们的攻讦，积极的进行工作，并刊布了这部在我国文学发展史上颇具重要意义的《挂枝儿》专集。

《童痴一弄·挂枝儿》写刻本残存九卷，无序、跋及署名。卷一至卷八完整，卷九残存一部分。若准之晚出的《童痴二弄·山歌》编辑体例，全书当为十卷。现从姚梅伯《今乐府选》本来看，应补卷九《谑部》九首，卷十《杂部》三十一首（其中《灯花问答》《占卦》《乡下夫妻》，均应作四首计算），共四十首，约一卷半。写刻本残存九卷的卷别及所收作品情况是：

卷一《私部》　　四十首。其中《五更天》为联套；《骂杜康》评注中附录冯梦龙作一首。实存四十五首。

卷二《欢部》　　三十首。其中《陪笑》系"问答体"二首，《阻雨》亦系"问答体"四首；《泥人》评注中附录《夜坐》一首，《眼里火》第三首评注中附录一首，《咒》第二首评注中附录一首。实存三十七首。

卷三《想部》　　四十六首。其中《瘦》评注中附录一首，《不忘》评注中附录一首。实存四十八首。

卷四《别部》　　十二首。其中《送别》第四首系"问答体"二首；《送别》第二首评注中附录《送商》一首，《送别》第四首评注中附录番案作品五首：冯梦龙一首、白石主人一首、丘田叔三首。实存十九首。

卷五《隙部》　　六十一首。其中《交恶》系"问答体"二首，《多心》亦系"问答体"二首；《负心》第三首评注中附录一首，《查问》第二、三首评注中各附录一首，《醋》第二首评注中附录一首，《是非》第六首评注中附录一首。实存六十八首。

卷六《怨部》　　二十八首。

卷七《感部》　　二十六首。其中《春》评注中附录《春暮》一首，《秋》评注中附录一首，《雨》评注中附录一首，《雁》评注中附录一首。实存三十首。

卷八《咏部》　　八十二首。其中《花蝶》系"问答体"二首；《扇子》评注中附录一首，《镜》第一首评注中附录一首，《金针》评注中附录一首，《竹夫人》评注中附录冯梦龙作二首,《箫》第二首评注中附录一首,《天平》第二首评注中附录一首,《磨子》评注中附录一首,《船》评注中附录《上船》一首。实存九十二首。

卷九《谑部》　　残存十一首。其中《鸨妓问答》系"问答体"二首；实残存十二首。

总计实存曲词三百七十九首,如果再把评注中说明是经过改订的十六首原作计算在内,九卷残书已收三百九十五首。加上姚本补的四十首,约一卷半,全书十卷,那么,这部民间时调小曲《挂枝儿》集所收录的作品达四百三十五首。在现存于世的民间时调小曲集中,不但是仅见的专集,而且是明代民间时调小曲集中仅见的一部巨制。

此外,冯氏在校录《挂枝儿》曲词末所作的评注中,还提供了一些其他文学资料,对于研究中国文学史同样具有一定的参考价值。这部分资料包括：

民间歌曲　《吴歌》一首,《诉落山坡羊》一首,《哼调山坡羊》一首,《黄莺儿》三首。

笑话　　　一则。

谜语　　　十七则。

俚语　　　《十无赖语》一则。

酒令　　　《四书句配药名》二十三则。

诗词　　　七绝《忆侯慧卿》一首,六言诗《咏蚊》一首;《虞美人》一首,《踏莎行》一首,《竹枝词》一首。

《山坡羊》本是明宣德、弘治间盛行的曲调,在明人记载里说它有南、北之分（见李开先《中麓闲居集》卷六《市井艳词序》);又别有《数落》和《沉水调》二种(见沈德符《万历野获编》卷二五《时尚小令》条,顾启元《客座赘语》卷九《俚曲》条)。评注里引录的《诉落山坡羊》当为《数落山坡羊》,但《哼调山坡羊》明人著作里无记载,这对研究它的流传衍变是有用处的。至于诗作,《忆侯慧卿》即其名作《怨离诗》,原共三十首,评注里保存的虽是末一章,却可见全诗风格的一斑;《咏蚊》则是一首幽默的讽刺小品。冯梦龙诗作传世不多,这集评注里保存下来的两首,无疑对于研究他的诗作也是很有帮助的。

冯梦龙辑集《童痴一弄·挂枝儿》时,于作品选择去取的依据和删改订定的情况,多在曲词末用评注方式,具体加以说明,从而可见他的工作态度是认真严肃的。例如经他自己改订的,卷一《私部·赠瓜子》的评注就说:"首句旧云:'瓜仁儿本是个清奇货',甚无谓,且与礼轻意重不合。今云:'本不是个希奇货',妙甚!"而像在卷二《欢部·感恩》评注中,则更作了直接说明:"第二句系余所改,旧云:'愿只愿我二人做一对夫妻',反觉少味。"

再如由他朋友改订的,卷三《想部·病》的评注中说:"末句旧云:'除是黄泉路上来赶。'情亦惨至。南园变叟改:'切莫要身后将奴来想。'颇雅,用之。"

过去,学者们曾依据王骥德《曲律》里提供的线索,结合浮白山人选录的《挂枝儿》中的某些作品,对冯梦龙删改订定《挂枝儿》所作的论断,由于《童痴一弄·挂枝儿》的发现,就需要修改了。事实上,这部《挂枝儿》专集采录的绝大部分作品，是来自民间、市镇的。冯氏删改订定的成分并不多，自己创作的或由他朋友拟作的，更少；可予确定的不过十二首：

  冯梦龙作四首　　卷一《私部·骂杜康》评注附录一首，卷四《别部·送别》评注附录一首，卷八《咏部·竹夫人》评注附录二首。

  米仲韶作一首　　卷二《欢部·打》。

  董遐周作一首　　卷三《想部·喷嚏》。

  白石主人作一首　　卷四《别部·送别》评注附录。

  丘田叔作三首　　卷四《别部·送别》评注附录。

  黄方胤作一首　　卷五《隙部·是非》。

  李元实作一首　　卷八《咏部·骰子》。

  冯氏自己创作的均附于评注中，足见他编纂的体例是很严格的。四百三十五首作品里，只有很少一部分确知是文人创作或拟作，说它们多出于文人、作家之手的看法，显见更该修正了。

  冯梦龙在辑集《童痴一弄·挂枝儿》的全部工作中，始终是贯彻着他的文学主张的。他依据民间歌曲的优点，进行选择工作，并在评注中加以必要的说明。因此，从评注文字中，大体又可以看出他抉择的标准。他认为《挂枝儿》的优点可归结为"情真"，它们是"天地间自然之文"，于是主要就选录那些具有真情实感的作品。同时，还注意到其中由语言、韵律、声腔的综合所形成的特点，而选录了那些具备独特风格的作品。例如,在选录《送别》第一首(卷四《别部》)的评注里所说:"最浅,最俚,亦最真。"选录《调情》第二、三首(卷一《私部》)的评注里更说:"亦真。以上二篇,毫无奇思,然婉如口语,却是天地间自然之文。何必胭脂涂牡丹也。"

要求"真",因而就必须是"自然之文";应本于真实的生活感受,无需增饰。这里提出的是创作的根本性问题,在当时确乎很有见地。因此在选录《网巾》(卷八《咏部》)时的评注里,又对"贴切"和"自然"间的关系作了说明,指出文人诗作的缺点:"极贴切。惟贴切,愈远自然,当是书生之技。"而对那些"非不切题,却欠自然"的作品,虽经选录,也在评注中予以指明。

在选录具有独特风格的作品时,例如:《情淡》第二首(卷五《隙部》),他的评注说:"《打枣竿》精神多在结句,此独以起句出人,洵为难得。"在《牛女》(卷七《感部》)的评注里说:"文有一字争奇,便足不朽者。如云:'牛郎星织女星在两边坐'、'壁虎儿得病在墙头上坐'。一'坐'字俱用得奇,堪与唐诗萤火、黄莺并称脍炙;而《打枣竿》中尤为难得。正如孺子之歌,偶然合拍,若有心嵌入,便成恶道。"在《船》第二首(卷八《咏部》)的评注里说:"此篇闻之旧院董四,歌末句腔甚奇妙,遂不能舍。"至于所谓删改订定的作品,从它们的评注看,也还是为了更切合他的文学主张,并非单纯的注意修辞。

但是,《童痴一弄·挂枝儿》的选录工作是存在着若干缺点的。首先是冯氏由于受阶级和世界观的限制，未能接近当时广大的劳动人民，较全面的蒐集、研究和整理民间歌曲。因此，他辑集的范围比较狭隘，作品多是情歌。其次是冯氏只着眼于《挂枝儿》中表露的丰富的感情，而没有正确理解思想与感情的关系；只强调感情的真实，而忽略感情表露的思想内容。他不了解作品里的真情实感，是缘于对生活的正确理解和深刻感受，失却正确思想的指导，就不会有真实、健康的感情。所以只论"情真"而不问感情的健康与否，就把一些色情、猥亵、庸俗、低级趣味的作品，毫无批判的辑集起来。

《童痴一弄·挂枝儿》中辑集的作品，大体上可归纳为：反映男女爱情生活的和反映社会生活状貌的两类。总的来说，它们是生活的歌。它们大半是市民们写作的，在民间特别是在乡镇或城市中间流行着。市民在当时社会政治地位上比较接近广大的劳动人民，在文艺上也就表现了一定的人民性和现实主义精神。

反映男女爱情生活的约占现存作品的百分之九十左右；类别复杂，内容丰富。其中精华部分在于：富有民主精神，要求挣脱封建枷锁，要求获得个性解放和自由；宣扬着合于人民需要的道德、伦理观念，以及与此相适应的美学趣味和观点。所以其中优美的诗篇是思想健康、真挚感人、质朴可喜的。这些直接讴歌健康、纯真的爱情的作品，是足以与冯氏以后辑集的《童痴二弄·山歌》中的优秀作品相媲美的。例如《花开》（卷一《私部》）："约情哥，约定在花开时分。

他情真,他义重,决不做失信人。手携着水罐儿,日日把花根来滋润。盼得花开了,情哥还不动身。一般样的春光也,难道他那里的花开偏迟得紧。"这里描写着等待所恋者的情景,深切的表现了恋人的复杂而又微妙的心情,忠厚、淳朴、天真而又可爱的性格,也刻画得细致逼真。再如《错认》第一首(同前卷):"隔花阴,远远望见个人来到。穿的衣,行的步,委实苗条。与冤家模样儿生得一般俏。巴不能到跟前,忙使衫袖儿招。粉脸儿通红羞也,姐姐,你把人儿错认了。"更是描绘的如闻其声、如见其形。人物那种痴心、真挚的情感跃然纸上。

　　人民珍视纯真朴实的爱情,在表达爱情专一上是异常恰切具体。例如《泥人》(卷二《欢部》):"泥人儿,好一似咱两个。捻一个你,塑一个我。看两下里如何?将他来揉和了重新做。重捻一个你,重塑一个我。我身上有你也,你身上有了我。"

　　这题材在明代民间歌曲里是流行的。《南宫词纪》采录过一首河南流行的《锁南枝》,虽比文人所作(如元管道升《我侬词》,应是汲取民间题材写成)语言精炼、风格质朴,而与这首《挂枝儿》相比,却还略嫌逊色。在这里所表现的是男女坚决相爱的坚贞意志,是人民崇高而持久的爱情观念的表现。但封建社会中的邪恶势力,随时都在阻挠、破坏着这种美好的愿望,人民对此是挺身而起以最大魄力与之抗争的。例如《分离》(卷二《欢部》):"要分离,除非是天做了地;要分离,除非是东做了西;要分离,除非是官做了吏。

你要分时分不得我，我要离时离不得你。就死在黄泉也，做不得分离鬼。"充分表现了人民坚强的斗争意志：为了捍卫爱情、自由和幸福，不怕任何苦难、折磨，誓志生死与共。这是多么坚贞不屈的声音。

《童痴一弄·挂枝儿》中描写爱情生活的优美篇章，俯拾即是，这里不过是例举以见一斑。

但是，市民阶层是伴随着城市发达、商业繁荣而兴起的。尽管市民在政治上与广大劳动人民同属无权的阶层，而他们并不直接参加生产劳动，在经济上却有着比劳动人民相当优越的地位；经济地位决定着思想面貌。因此，他们的作品除少数是非常优秀的以外，大部分却有着庸俗的内容，表现着庸俗的小市民的美学趣味；在反映爱情生活的作品里，更多的是描写了缠绵的思恋、苦盼佳期之类的内容，充满着感伤、哀怨的情绪；既不健康，也欠真挚。很明显，这里所反映的爱情生活并没有表现劳动人民的思想感情。甚至有的作品更超出了爱情的范围，流露了淫荡气息，充满着色情描绘。这是糟粕。肯定民间时调小曲有它独特的价值的同时，对这些糟粕必须具体的分析，严肃的批判。

反映社会生活状况的《挂枝儿》，仅止是卷九《谑部》里的一小部分作品，它们以城市生活为背景，从而揭露了当时封建社会的丑恶面貌。例如《山人》："问山人，并不在山中住。止无过老着脸，写几句歪诗。带方巾称治民到处去投刺。京中某老先，近有书到治民处，乡中某老先，他与治民最相知。临别有舍亲一事干求也，只说为公道没银子。"对当时封建统治阶级帮闲"山人"们的丑恶行径,描绘生动、讽刺尖锐。比起《山歌》中的《山人歌》更为简括、隽永。再如《门子》:"壁虎儿得病在墙头上坐。叫一声蜘蛛我的哥,这几日并不见个苍蝇过。蜻蜓身又大,胡蜂刺又多。寻一个蚊子也,搭救搭救我。"这里深刻而又形象的暴露了封建统治阶级及其爪牙的罪恶,以巧妙的譬喻手法显示了下层人民被压迫被剥削的苦难生活。

这类以犀利的笔触进行辛辣的讽刺和嘲笑的作品,保存在本书里的虽说不多,它们却有着社会性主题,其思想意义尤其值得重视。

从《童痴一弄·挂枝儿》辑集的优秀作品看,《挂枝儿》的艺术成就也达到了相当高度。冯氏所写评注在这方面的某些说明,有的是很中肯的。这里需再说明的是:在这些民歌里,现实主义、积极浪漫主义以及其相结合的创作方法,显示得非常突出。例如《鸡》第二首(卷七《感部》):"五更鸡,叫得我心慌撩乱。枕儿边说几句离别言,一声声只怨着钦天监。你做闰年并闰月,何不闰下了一更天?日儿里能长也,夜儿里这么样短。"这是在现实的基础上,以大胆的想像表达了炽烈的情感,从而使现实主义和浪漫主义巧妙结合的。再如《拜月》(同前卷):"焚炷香,等待那瑶台月上。对嫦娥深深拜,诉我的凄凉。可怜见小书生没个人相伴。嫦娥开言道:读书人不忖量。你诉你的凄凉也,教我的凄凉对谁讲。"这同样是一首驰骋大胆想象的作品,但比起前一首来却更富于浪漫主义色彩。

由于《挂枝儿》作者们的生活经历丰富，观察事物敏锐，所以优秀的《挂枝儿》也曾塑造了许多色彩鲜明而生动的人物形象。例如前举的《花开》中那天真、朴素可爱的姑娘，《分离》里那样勇敢而坚决的恋人等等，都是极其动人的形象。在卷八《咏部》里有些较好的作品，通过着重描写自然物与人们精神密切关联甚至相通的特点，塑造了使人感到亲切的形象，更是新颖而富于感染力。至于具体描写方法上的多种多样的变化，以及语言技巧上的出色表现，例证易见，自不须多谈。

无疑，《童痴一弄·挂枝儿》中的许多作品，既有对现实的真切描绘，又有抒发真挚情感的战斗精神，是继承了我国民歌的优秀传统的。我们从它得以再次体认民间时调小曲的价值，而冯梦龙蒐集、研究和整理的功绩，委实应该感念。

《挂枝儿》自明万历兴起后，到清代初叶仍然相当兴盛；直到十八世纪末的某些南方民间时调小曲集中，间或还有选录。当然，那时的传唱情况已有改变，但可肯定：由于它本身艺术的吸引力，适合于市民阶层的美学趣味，始终有人欣赏。据文献记载，乾隆末年《打枣竿》在北方传唱并没有消逝。乾隆六十年（1795）刊刻的《霓裳续谱》中，就收有两首，而另外一首写曲调名的《平岔》"手拿着打枣竿"，首句也提到它。可见说它传至清代一蹶不振是不符合事实的。实际上，它至今也没消亡，尽管只曲传唱的情况罕见，但以变式串入戏曲,还多少保存着一些遗响。

从它兴起到传唱最盛的约百年间,推想是曾产生过不少优美作品的。可是在这部《童痴一弄·挂枝儿》发现之前,我们所知的不过是两种专集和几种戏曲选集集中选录以及通俗小说中引用的三百多首作品。

在此以前知见的两种专集:浮白山人辑《适情十种》中的《挂枝儿》和醉月子辑《新镌雅俗同观挂枝儿》,总共收录一百三十一首。但它们并不是由蒐集得来,而是编者根据《童痴一弄·挂枝儿》加以拣选、整理成书的。两书并无序、跋,就所选内容看,虽然仍似依据冯氏提出的准则进行编刊,但在作品的去取上,却充分流露了更为浓重的庸俗、低级的美学趣味和观点。例如浮白山人选录《挂枝儿》的编选情况和内容是这样:

开头选录了《童痴一弄·挂枝儿》卷一《私部》第十四、十五首,接着又选入:第二十四首及其评注附录一首,第二十五、三十六首;卷二《欢部》第三、六、七、十三、十六首;卷三《想部》第三、七、九、十、十一、二十四、二十七、三十四首;卷四《别部》第二、十一首;卷五《隙部》第二十一、二十八、三十五、三十八、四十九、五十七首;卷六《怨部》第七、九首;卷七《感部》第三、五、十、十七首;卷八《咏部》第十、十一、三十一、三十三、三十八、三十九、四十四首。若按照编选顺序通读各曲,几乎使人感觉它们并不像是编选的各别抒情只曲,而是彼此间有着紧密联系的一组联章,用"重头"规式写成的庸俗的低级趣味的爱情曲：从男女调情、交欢，到分离苦思，最后是别有所恋。这样编选好像是煞费苦心，但却糟糕地变成了一组轻佻、淫荡的篇章，更显出了露骨的色情描写。虽也间或选入个别可取的诗篇，也被整个淫靡气氛所冲淡。编者把冯氏说的"情真"，单纯理解为"天地之真，阴阳之趣"，这种"真趣"就是"人生世间第一乐境"。这不仅曲解了冯氏分部汇辑的原意，并且充分显示了编者低级的趣味、观点。所以它只从《童痴一弄·挂枝儿》前八卷选录了四十一首，第九卷以次均未选录。醉月子的选本，大体也是如此。这一方面与当时糜烂的社会风气有关，另一方面亦可能受了冯氏某些不健康思想影响而变本加厉，这是要附带地加以批判的。

此外，明代戏曲选集如程万里选辑的《鼎镌徽池雅调南北官腔乐府点板曲响大明春》卷四中栏和《最娱情》也收有《挂枝儿》；明、清之际的通俗小说如《三言》《二拍》《石点头》《西湖二集》《童婉争奇》《一枕奇》《欢喜冤家》和《樵史通俗演义》等书也曾采用作为插曲。到了清代，如乾隆时《新镌南北时尚丝弦小曲》、嘉庆抄本《时调小唱抄存》、咸丰抄本《苏州小曲集》等，也都有选录，甚至乾隆时一种《昆曲谱》中也附录有杂曲《山坡羊》"不知那一句话儿把你来冲撞"（《明清民歌选》甲集页一五三），就是《童痴一弄·挂枝儿》卷三《想部·帐》评注附载的《诉落山坡羊》曲。可以说这都是"冯生《挂枝儿》乐府盛传海内"的余响了。

《童痴一弄·挂枝儿》的发现，对了解《挂枝儿》体裁、格律等方面的问题，帮助也很大。在体裁上，以前所知只是"小令"式，但在这部书里还保存下一些"重头"规式写法的联套。例如：《五更天》（卷一《私部》）、《阻雨》（卷二《欢部》）等。"五更体"渊源久远，据沈德符《万历野获编》里说："嘉、隆间乃兴闹五更。"当时这种以五更相继为序，由五首一组合成的闹五更体裁，所用曲调很多；而习知的仅是《驻云飞》《劈破玉》《叠叠锦》《哭皇天》等。本书选录的《挂枝儿》是前所未知的，尤其是它每首起句不用"一更……""二更……"的常式，遣词婉转，很值得注意。在《樵史通俗演义》第十六回用作插曲的也是如此，推想与这里选录的也是有关系的吧！《阻雨》系"问答体"，这种体裁在当时习见的是《劈破玉》中的几种，《挂枝儿》中的也是初次发现。这里选录的几组，在表现人物思想、感情上相当生动细致，可媲美《劈破玉》。《童痴一弄·挂枝儿》保存了这两类资料，对研究民间文学、通俗文学乃至戏曲，都相当重要。

《挂枝儿》在格律的句式问题上，傅芸子先生《挂枝儿与劈破玉》里，曾根据一些资料讨论过，认为它的定格是：八（上三下五），八（上三下五）。七（上四下三）。五（上二下三），五（上二下三）。九（上四下五）。从《童痴一弄·挂枝儿》提供的大量作品看，这结论是确切的。但在实际运用上，它们既遵守着共同格律，同时又有着无穷的变化，格律与变化是统一在服从表现内容的要求上的。例如为抒情需要，末句经常化作两句，上句与下句间用一"也"字绾合；衬字多少，也是由于表现上按照自然趋势来确定。这在《挂枝儿》兴起以后即如此。这些，在《童痴一弄·挂枝儿》辑集的作品里，都可找到很好的例证。一般说，民间时调小曲的格律，除根据内容需要，又关涉到它的语言、韵律、声腔以及表现手法等方面；同时，又因时间、地区的不同而有所变化发展。因此，像现在河南《鼓子曲》里用的《打枣竿》、山东《柳子戏》里用的《打枣杆》、云南农村戏曲里用的《打枣竿》和《挂枝儿》等曲调，都难以定格衡量。徐嘉瑞先生说："大约是只以音律为主，唱时字数多寡不拘，可以自由伸缩，去就音律，勿须管字句的多寡。"（《云南农村戏曲史》页二五）是有一定道理的。

明代与《挂枝儿》同时流行的《劈破玉》，它们在格律上比较相近，在曲词上往往相混，曲集遂至误收。这种现象，傅芸子先生根据几种明代戏曲选集和他当时所能看到的《挂枝儿》作品予以论证，指出曾"有人将《劈破玉》误认作《挂枝儿》的"（《白川集》页二三一）。《童痴一弄·挂枝儿》的发现，提供了大量资料，从而更明确了：也有原是《挂枝儿》被认作《劈破玉》编入选集的。例如熊稔寰辑《新锓天下时尚南北徽池雅调》卷一中栏《精选劈破玉歌》，四十七首作品中有四十一首分别见于本书的卷一至卷八；卷二中栏《续选劈破玉歌》，三十二首作品有二十首分别见于本书的卷一、卷六、七、八。二者在字句间极少差异，大约《挂枝儿》这调子，也能用《劈破玉》来改唱，这才被熊氏认为《劈破玉》歌吧？只须末尾那一句上四下五，改为四四五五，即各叠唱一次，《挂枝儿》就变成《劈破玉》了。同样现象在清代选集里还存在，由本书也可得到确据。

至于明、清以来民间时调小曲题材的沿袭使用，有关《挂枝儿》的例子曾经郑振铎先生指出（《中国文学研究》页一〇二八）。我们把《童痴一弄·挂枝儿》辑集的四百三十五首作品，与现存明、清民间时调小曲其他曲调的作品比勘，足以说明翻调风气明代已盛，这里就不再论列了。

《山歌》综述

关德栋

吴中《山歌》，北宋人著述已有记载。释文莹《湘山野录》卷中的一条说："开平元年，梁太祖即位，封钱武肃镠为吴越王。……（镠）拜受之，改其乡临安县为临安衣锦军。是年，省茔垄，延故老，……为牛酒，大陈乡饮；……镠起执爵于席，自唱还乡歌以娱宾。……时父老虽闻歌进酒，都不之晓。武肃觉其欢意不甚浃洽，再酌酒高揭吴喉唱《山歌》以见意。词曰：'你辈见侬底欢喜？别是一般滋味子，永在我侬心子里。'歌阕，合声赓赞，叫笑振席，欢感闾里。今山民间有能歌者。"

这是五代初（公元 907 年）间事。南宋人袁褧《枫窗小牍》也叙及此事，其后并说："至今狂童游女，借为奔期问答之歌。"钱镠所歌虽与传世《山歌》格调略异，但声情大体相同，可算是吴中《山歌》最初的记载。

宋人话本《京本通俗小说》卷十六《冯玉梅团圆》里曾引吴歌："月子弯弯照几州，几家欢乐几家愁，几家夫妇同罗帐，几家飘零在它州。"并说："此歌出自我宋建炎年间（1127—1130），述民间离乱之苦。"这歌尝见于明叶盛《水东日记》卷五、田汝成《西湖游览志余》卷二十五等书引录（亦见清金埴《不下带编·杂缀兼诗话》卷五、梁绍壬《两般秋雨盦随笔》卷四等书引），并为这部《山歌》专集卷五《杂歌四句》所采录，且至今传唱（均稍有异文）。约是现存最早的吴中《山歌》了。

明代吴中《山歌》传唱风气的兴盛，从明人论著评述当代民间歌曲的文献资料中，可略为了解。当时不少诗人、作家认为当代文人诗歌创作已趋衰颓，而接触到民间歌曲时，又为它们清新、活泼的诗意内容和人民群众充沛旺盛的创作才能所感动，于是在两相对比、分析下，就提出了一些进步见解。例如贺贻孙《诗筏》卷一、王骥德《曲律》卷三《杂论上》和凌濛初《南音三籁》卷首《谭曲杂札》等，都认为《山歌》"为近日真诗一线所存"，"修大雅者反不能作"，并且比时行曲写得妙。卓珂月甚至称这些《吴歌》为"我明一绝"，堪与唐诗、宋词、元曲媲美。可见为吴语区广大人民群众所爱好的吴中《山歌》，在明代民间歌曲里也和《挂枝儿》一样是具有代表性的了。明人《传奇》中往往采用《山歌》作为插曲（钱南扬、赵景深、叶德均诸先生曾辑录），民俗杂著（如《游览萃编》）间或选录作为附载，固然缘于实际需要，事非偶然，亦可作为具有代表性的有力佐证。

明代吴中《山歌》的风靡流布，还可从明代小说中的描述窥见一斑。例如在西湖渔隐主人编《欢喜冤家》第九回《乖二官偏落美人局》里，就有这样的叙写："二官笑嘻嘻的拿着，走进店来，放在柜上，恰是一本刘二姐偷情的《山歌》。"就因为《山歌》已是人民群众喜闻乐见的自己的艺术创作,所以才有民间《山歌》唱本的传播流行。

明人辑集吴中《山歌》最先为人知见的书,是《适情十种》(别本总题《破愁一夕话》)所收浮白主人选《山歌》六十首,和《雅俗同观》卷六所收醉月子选辑《新锓千家诗吴歌》六十一首。而浮白主人选《山歌》还有《浮白山(主)人七种》本(见郑振铎先生《跋山歌》和《中国俗文学史》下册页二六二)。《适情十种》扉页题:"明冯梦龙原辑,明卞文玉重辑。"可知浮白主人选《山歌》是以冯梦龙辑集的《山歌》专集为底本的。遗憾的是冯氏原书早时尚未获见。一九三四年春,上海传经堂主人去徽州访书,发现了明写刻本的题作《墨憨斋主人述》的《童痴二弄·山歌》,也正是冯梦龙辑集《山歌》专集的原书。次年传经堂主人遂请顾颉刚先生校点后把它排印了出来;随后,上海中央书店又印出了包括再据传经堂排印本增补过《山歌》的《黄山谜》(收《山歌》《黄莺儿》《谜语》《挂枝儿》及《夹竹桃》五种),于是使这部沉埋约三百年由冯梦龙蒐集、整理而成的"苏州歌谣的大总集"重显于世。这在当时对研究明代民间文学、通俗文学以及中国文学史的工作,是曾给予了一定方便。但是,现在传经堂排印本《山歌》流通已少,并且排印上稍有脱误。《黄山谜》本虽是易见,因系依浮白主人选本删去十八首后,又据传经堂排印本补入二百五十四首的节本,排校粗疏,讹夺尤多,已经不是冯梦龙辑集的《山歌》专集原貌。

《童痴二弄·山歌》是冯梦龙继续《童痴一弄·挂枝儿》辑集的第二部民间歌曲集。他在万历末年完成《挂枝儿》的蒐集整理工作后（容肇祖《明冯梦龙的生平及其著述续考》定为万历三十七年），差不多就在那时，已开始注意了《山歌》。《童痴一弄·挂枝儿》卷四《别部》第一首《送别》第四的评注中，就曾经引过一首吴语《山歌》。这《山歌》现即收于《童痴二弄·山歌》卷二《私情四句》里题作《采花》。而在这部《山歌》专集卷五《杂歌四句》第四首《乡下人》的评注里，又记载着一则唱《山歌》的逸事，中有句云："犹记丙申年间，一乡人棹小船放歌而回。"丙申是万历二十四年（1596），他蒐集《山歌》约就是在这不久以后的事，所以说"犹记"得前此听到的故事。据此可见，《童痴一弄·挂枝儿》"刊布成帙，举世传诵"后，虽为当时人们攻讦，但是他并没有怯怯乔乔的对着这一大宗民间文学遗产望之却步，反而是以更大的勇气、热忱继续蒐集着《山歌》，辑集成《童痴二弄·山歌》。这种精神、魄力，在明代较进步的诗人、作家当中却是仅见的。

冯梦龙之所以能这样热心于自己的工作，并不是由于"冯生《挂枝儿》博得一时之誉"了，遂"使他再有勇气去搜编《二弄·山歌》"，而是有其进步的文艺观点作为指导的。在《童痴一弄·挂枝儿》里，他曾把自己的文学观分别用评注方式加以表述，不过那止是吉光片羽，显示了要点，不足以完全表明自己的主张。但在《童痴二弄·山歌》里，即根据《童痴一弄·挂枝儿》刊布后的新情况的需要，除于歌词后仍附以必须说明的评注外，更写成了《叙山歌》，进一步阐明了自己的文艺观。

冯梦龙曾根据蒐集、整理、研究民间文学、通俗文学的感受，归结当代民间歌曲的优点在于：抒写的"是真境"，所以它们"自有真趣"，是"天地间自然之文"。因此在《叙山歌》里，首先认为《山歌》是"民间性情之响"，"但有假诗文，无假《山歌》"。又从创作态度和动机方面进行分析说："以《山歌》不与诗文争名，故不屑假。"这正是针对着当时文人诗歌创作当中的缺点来论证，是具有现实意义和进步作用的。同时更继承了古来认为"诗言志"的看法，给予《山歌》应有的评价，肯定它们是继承着《诗经·国风》的传统，"以是为情真而不可废也"。因而对《山歌》于"诗坛不列，荐绅学士不道，而歌之权愈轻"的不被重视的情况鸣不平。他肯定了《山歌》的文学价值，把当时文坛一般封建文人轻蔑的民间文学提到文学史上重要的地位。其次，应该特别指出，冯梦龙不仅在"苟其不屑假，而吾藉以存真"的认识下，比较忠实的进行了《山歌》的蒐集、整理，而更重要的是他的辑集工作具有严肃的目的性。他说："若夫借男女之真情，发名教之伪药，其功于《挂枝儿》等，故录《挂枝词》，而次及《山歌》。"他认识到民间情歌的反封建礼教的意义和作用，明白宣布要用《挂枝儿》《山歌》来表现真挚的爱情，与虚伪的封建礼教抗争。这种战斗精神的表现，在明代较进步的诗人、作家当中确乎是无人能与之相比的。可见《叙山歌》在研究冯梦龙思想以及中国古典文学理论批评上，是篇具有一定重要意义的文献资料。

《童痴二弄·山歌》的编辑体例与《童痴一弄·挂枝儿》基本相同，是按照着作品的内容与体裁的不同分类辑集的。全书十卷：卷一至卷九为《山歌》；卷十为《桐城时兴歌》。其卷别及所收作品情况是：

卷一《私情四句》　五十八首。加上评注附录七首，实存六十五首。

卷二《私情四句》　五十五首。其中《花蝴蝶》应作二首计算，加上评注附录九首，实存六十五首。

卷三《私情四句》　三十二首。加上评注附录三首，实存三十五首。

卷四《私情四句》　三十六首。其中《阿姨》应作四首计算，加上评注附录三首，实存四十首。

卷五《杂歌四句》　三十三首。加上评注附录三首，实存三十六首。

卷六《咏物四句》　六十五首。加上评注附录六首，实存七十一首。

卷七《私情杂体》　二十一首。加上评注附录一首，实存二十二首。

卷八《私情长歌》　十三首。加上评注附录一首，实存十四首。

卷九《杂咏长歌》　八首。

卷十《桐城时兴歌》　二十四首。

总计实存歌词三百八十首。如果把评注中说明有异文的别作三首计算在内，共为三百八十三首。其中《山歌》三百五十九首，《桐城时兴歌》二十四首。据现存明代民间歌曲看，《童痴二弄·山歌》应是保存吴中《山歌》数量最多的一种专集，即《桐城歌》部分，所收也仅次于明崇祯时抄本《明代杂曲集》（拟题，原抄本无书名、序、跋及编者署名；卷七收《桐城歌》二十五首）。所以说在明代民间歌曲集中，实是一部重要性不亚于《童痴一弄·挂枝儿》的总集。

在校录《山歌》歌词末，冯梦龙同辑集《挂枝儿》一样，多附了评注予以评价。除去注明因流传而产生的异文，注明出处、作者或指明经过文人润色的事实，并且依据吴中《山歌》具有浓厚的地方色彩的特点，对于语言文字、习俗风尚也作了一些注释（或用眉批）。因而《童痴二弄·山歌》在本身艺术价值外，所提供的学术研究资料，比之《童痴一弄·挂枝儿》更为丰富多样。

冯梦龙辑集《二弄》的编辑体例，打破了前人单纯按照体裁分类的惯例，而以内容分类为主兼顾体裁，并辅以必要的说明评注，是具有独创性的。这种编辑体例较为科学，可以说是我国民间文学、通俗文学编辑工作上的一个新发展。冯氏在这方面的贡献是值得珍视的。

《童痴二弄·山歌》收录的作品，绝大部分是采自民间、市镇的人们"矢口成言"，经过蒐集、记录、整理下来的东西。冯梦龙在整理的过程中，加工改订的成分不大，基本上保持了原作面貌。这从校录歌词末的评注说明可以得到证明。例如卷一《私情四句》的第一首《笑》（也是全书的第一首）的评注就说："凡'生'字、'声'字、'争'字，俱从俗谈叶入江阳韵。此类甚多，不能备载。吴人歌吴，譬诸打瓦抛钱，一方之戏，正不必如钦降文规，须行天下也。"这不仅是有关记录吴音的说明，更重要的是这里无异提出了蒐集、整理的准则；是一段带有凡例性质的评注。所谓"从俗谈"而不任意加以改动，正是比较忠实和科学的编辑工作所必须遵守的原则。大体上冯氏在工作中是贯彻了这种主张的。即如经他自己订正文字的，卷一《私情四句·引》的评注说："'引'旧作'殷'，欠通。今从'引'，而以平声为土音，甚妥。"虽说仍是关涉吴音的记录问题，但从这里可见他在整理《山歌》的工作上，既科学又忠实的认真的态度。辑集中也有若干作品曾经别人蒐集，尝见于明人著述引录，而与之略有文字的歧异（如《月子弯弯》等作品）。这种有限的文字差异，多是决定于作品口头传播的特质，所以还不能遽断为冯氏辑集时曾加以任意改订，或是"改作"。即使是经过了润色的作品，他也作了说明。例如卷九《杂咏长歌》中《山人》，他就说明这歌是经张伯起先生润色过的。而采录于市民阶层人们知名作者的，或增入自己创作及友人拟作的，则更直接的予以说明。根据评注提供资料统计，可确定的只有：

冯梦龙二首　　卷一《私情四句》中《捉奸》评注附录。
苏子忠一首　　卷一《私情四句》中《捉奸》第三首。
张伯起一首　　卷五《杂歌四句》中《姹童》评注附录。
松江傅四一首　卷七《私情杂体》中《笃痒》。

此外，还有上文提到的冯喜《采花》一首。其中真正出于诗人、作家之手的仅止四首，显见所谓"文人学士的拟作、改作乃至创作"实际为数甚微。由于明代吴中《山歌》歌风盛行，《山歌》既有民俗杂著收录作为附载和唱本之类的书籍在市面上流通，所以冯氏在卷一《私情四句》中《学样》的眉批上曾提到过"侪，坊本用才，俗语"的话，那么，他在蒐集、整理《山歌》时，既采录口头的，又曾用"坊本"作为参考，应是极为自然之事。

所以，从总的方面看来，冯梦龙在蒐集、整理《山歌》的工作上，是与蒐集、整理《挂枝儿》一样，坚持着严格的编纂体例，以认真严肃的态度作出了出色的贡献。尽管在《童痴二弄·山歌》的作品选录上存在若干缺点，但他的成绩标志着民间文学编辑工作的进步，终是瑕不掩瑜的。

冯梦龙《童痴二弄·山歌》的辑集工作，是他文艺观点体现于《童痴一弄·挂枝儿》之后的继续；因此，抉择《山歌》的标准与选录《挂枝儿》的相一致。他认为诗歌的所谓"真"与"假"之分，即在于它们是否表现了真实的生活感受。《山歌》"情真而不可废"，是"民间性情之响"，"郑、卫之遗"，于是即依此为准进行了编选。但是他受阶级和世界观的限制，在接近人民群众的广度和深度上有着较大的局限性，至使视野狭隘。既未能全面的进行蒐集、研究、整理，也没有正确的理解思想与感情在作品中的关系，所以在选录中存在了若干缺点。他仅看到市民阶层中间"今所盛行者，皆私情谱耳"，就大量的采录了抒发"男女之真情"的东西。同时，又只强调感情作用，而抹煞思想价值，以致凡是真情流露，不论反映了什么感情的都予选取。大胆泼辣的表露真情，只不过是《山歌》的一个优点，而根本问题还在于正确的反映人民生活，这一点在冯梦龙是并不了解的。所以蒐集结果与《童痴一弄·挂枝儿》亦复相同：无批判的把一些虽"情真"却落后的，色情、猥亵、庸俗、低级趣味的作品，加以辑集和宣扬了。

《童痴二弄·山歌》除去本身具有文学价值外，还给学术研究提供了一些其他方面的资料，这也是非常有助于研究工作的。

《山歌》中"歌白曲兼用体"保存的民间时调小曲资料，对于了解、解决明代歌曲的某些问题有帮助。例如《皂罗袍》原属于南仙吕曲，明代散套中虽常用，小令却不多，在民间时调小曲里尤其少见。以前只知在清代蒲松龄《聊斋俚曲》里用过（如在《禳妒咒》中），而这里提供了明代的实例。明代《宝卷》如《销释圆通宝卷》、《地藏菩萨执掌幽冥宝卷》等，也曾用这一曲调。《销释圆通宝卷》卷首载万历十二年（1584）张鋐序，刊刻约在是年（见李世瑜同志《宝卷综录》页五十三）。顾启元《客座赘语》卷九《俚曲》条说它是"旧有"曲调，根据这些资料可知：《皂罗袍》民间时调小曲的流行是在明万历间，而不在嘉靖时。

本书卷十辑录的是《桐城时兴歌》。《桐城歌》是起于安徽桐城地方的一种曲调（见傅惜华先生《乾隆时代之时调小曲》），以后流布于吴语地区，所以清乾隆九年（1744）刊

《万花小曲》收有一曲入于《吴歌》类。现存明抄《明代杂曲集》里采录的二十五首除第一首与本书卷十第二十二首前四句相同外,其余各首内容、曲词均与本卷全不相同。以这些资料实例比勘,它的体式发展情况易见,从而解决它的格调问题。实例如下:

西湖中间拾得个莲,与姐分来做两边;姐的多来郎的少,郎的心儿在姐边。(《明代杂曲集》第二首)

月明如画蒸明香,姐姐同郎拜上苍;郎若负心短命死,姐若辜恩寿不长。我的姐,我的郎,咱两相交到鬓霜。(《明代杂曲集》第十八首)

一更一点月照台,月照窗台郎不来,月照郎不来。一壶美酒变成醋,一笼好火化灰台,小乖还不来。苦难挨,月迎腮;眼泪汪汪换睡鞋。(《万花小曲·吴歌》)

冯氏所辑为五句式和六句式的。综观现在这五种类型的格律发展蜕变的形迹清晰,同时它们的格调、声情又都和《山歌》不一样。可知它当是一种民间时调小曲,如清乾隆间流行的《扬州歌》《隶津调》之类。它是所谓《乐曲》而不是《徒歌》。至今安徽《山歌》,七言五句还是很不少的。

此外,在其他文学、语言方面也提供了一些资料,这对研究中国文学史、汉语史都有一定的参考价值。属于文学的是:

民间时调小曲　《十六不谐》一首(卷一《睃》评注),《劝郎歌》一首(卷四《比》评注),《清江引》一首(卷五《杀七夫》评注)。

笑话　　一则（卷一《月上》评注）。

儿歌　　二首（卷一《引》评注）。

其中《十六不谐》清代仍流行，嘉庆十六年（1811）刊《双玉杯传弹词》的"院乐"回里就曾采用。儿歌《萤火虫》似乎解放前尚流行，见《吴歌甲集》页十七（稍有不同）。属于语言的，包括一部分明代吴语区的方音、方言、方音字的资料，有些冯氏已于评注或眉批里说明。另一部分是关于明代市语的，眉批说明的有："光斯欣，市语。犹言光棍"（卷九《山人》），"白银曰放光"（卷九《烧香娘娘》）。未加说明的如：银子叫"白脸""冰王"；钱叫"黄边""嘉靖""孔方"；纸叫"萧山""富阳""包札""薄光"；只堪一用叫"一出货"；指桑骂槐叫"借名詈字"等等。这里所提供的丰富资料不仅对研究语言是可珍贵的，而且对研究明代社会有帮助。郭沫若同志说"民间文学给历史家提供了最正确的社会史料"（《我们研究民间文学的目的》），如果以本书卷九《杂咏长歌》中的《鞋子》《破骔帽歌》《烧香娘娘》等篇，与范濂《云间据目抄》卷二《记风俗》里有关条目相参证，对明代吴语区人民的某些生活习尚，就可以得到更真实的了解。

明代歌风盛行对诗人、作家的影响，从明人诗话、杂著亦可见一斑。田汝成《西湖游览志余》卷二十五曾记瞿佑以《山歌》意翻词的事。他翻的就是那首有名的《月子弯弯照九州》。因为瞿佑对原歌理解的不正确，自然"翻"的内容过于文雅，又完全不是民间青年男女的情感，因此成了问题；不过，这事说明了明代诗人、作家尝从《山歌》汲取营养。《童痴二弄·山歌》刊行后的情况，限于一时文献不足，难于具体论述了。

总之，冯梦龙继承了我国优秀作家重视民间文学、通俗文学，向民间学习的优良传统，继续《童痴一弄·挂枝儿》之后蒐集、整理《童痴二弄·山歌》的工作，是有积极意义的。《童痴二弄·山歌》是《童痴一弄·挂枝儿》的姊妹篇，它为我们保存了大量明代民间歌曲作品，为研究吴中《山歌》提供了极好的材料，是一部有价值的书。

《夹竹桃》综述

赵景深

《夹竹桃》的曲调，基本上是八句，所谓"三句山歌一句诗，中间四句是新词"是也。首二句是七言，中间四句是四言，末二句又是七言，可以任意加上衬字。第一句也有改用两个三字句的。最末一句必然用的是《千家诗》各首的末句，基本上按照次序编下去。所谓"从诗次序，并不妄删"，实际上并不完全按照次序，有删去不用的，也有次序颠倒的，例如《千家诗》第十首晁无咎的《打球图》末句是"无复明朝谏疏来"，本书却列在第七十三首。第八十三首以前都用的是七言绝句，第八十四首以后却用的是七言律诗，惟第一百二十首《庭院春深听伯劳》（即倒数第三首）为今本《千家诗》所无。我想四字句瘦瘠，仿佛竹叶，七字句丰腴，好像盛开的桃花，把四句四字句夹在四句七字句当中，就像夹竹桃似的，可能曲调名由此而起。但这曲调从未见过他书征引，可见并不怎样流行，这只是冯梦龙的《拟山歌》而已。《后序》中自述云，"无中生有把歌翻，诗句拈来凑巧难"，更可明白地看出这是作者"无中生有"地创作出来的，只是采用了传统的山歌风格和修辞造句罢了。自然意境上也是民间山歌所有的。所谓"顶针",意思就是"前一句的末尾与后一句的开端的字相同"。例如,第一首末句是"赛过新兴银绞丝",第二首首句便是"丝丝绿柳映窗前"。以下都是如此。直到末首末句"赛过清明三月三",仍接第一首的第一句"三句山歌一句诗"。

《夹竹桃》共一百二十三首,包括开端《前叙》一首,末尾《后序》一首。全都是"郎情女意"的情歌,以女子的口气来写的占极大多数,不外约会、佳期、相思之类。要在这里面选择最好的情歌比较困难。我个人认为下面这两首是本书中最好的:

归来窗上月光斜,个样有信行个情郎,教我那放他。把名香满爇,高烧绛蜡,山盟同设,恩情转加。姐道,郎呀,个星香烛辉煌,才是我搭你两人心里火,莫要放个轻烟散入五侯家。(《轻烟散入》)

暮笳声起姐心愁,结起子私情弗罢休。朱颜难久,不觉白头,及时欢乐,除死便休。你看盘古以来,多少九烈三贞那间来啰哩,只落得满眼蓬蒿共一丘。(《满眼蓬蒿》)

前者一对爱人把订盟时所烧的香烛火想象作他们俩的"心里火",已觉设想新奇,末尾又说"莫要放个轻烟散入五侯家",更显得他们俩爱情的坚贞是"富贵不能淫"的。后者也显出对于爱情的执着,"结起子私情弗罢休,⋯⋯除死便休"。此外,"多少九烈三贞那间来啰哩(现在何处)",还带有蔑视封建礼教的意味。除这两首以外,一般比较还可一看的,那就比较多了。

《夹竹桃》猥亵的糟粕也有一些。还有一首《也傍桑阴》,我认为也是一首坏的拟山歌:

香香小姐嫁子丑冤家,两鬓蓬松面又介麻。家中物件,锄头水车,扒泥挑粪,插秧种麻。姐道,我侬嫁子个样老公有僭风流处,只得也傍桑阴学种瓜。

这一首显得这位"香香小姐"是不爱劳动的,嫌丈夫是个麻子,讨厌锄头和水车,看不起"扒泥挑粪,插秧种麻",万般无赖,只得勉强地"也傍桑阴学种瓜"。但是,清代乾隆以后的花底闲人的评语却是:"巧妻伴着拙夫眠,乃是天地间最苦恼事。"下面还有不堪入目的话,我不想征引了。

《夹竹桃》是冯梦龙拟民间文学的著作之一。本书根据较好的明刻本,给读者提供了明清山歌时调的研究资料。

图书在版编目（CIP）数据

挂枝儿　山歌　夹竹桃：民歌三种/（明）冯梦龙编. -- 北京：北京联合出版公司，2018.5（2025.4 重印）
ISBN 978-7-5596-1857-3

Ⅰ.①挂… Ⅱ.①冯… Ⅲ.①民歌—文学研究—中国—明代 Ⅳ.① I207.7

中国版本图书馆 CIP 数据核字 (2018) 第 057770 号

本书版权归属于后浪出版咨询(北京)有限责任公司

挂枝儿　山歌　夹竹桃：民歌三种

编　者：冯梦龙　　　　　出品人：赵红仕
选题策划：后浪出版公司　　出版统筹：吴兴元
编辑统筹：梅天明　宋希於　特约编辑：张文斌
责任编辑：肖　桓　　　　　营销推广：ONEBOOK
装帧制造：墨白空间·肖雅

北京联合出版公司出版
（北京市西城区德外大街 83 号楼 9 层 100088）
小森印刷（天津）有限公司印刷　新华书店经销
字数 180 千字　889 毫米 ×1194 毫米　1/32　9 印张
2018 年 5 月第 1 版　2025 年 4 月第 2 次印刷
ISBN 978-7-5596-1857-3
定价：68.00 元

后浪出版咨询(北京)有限责任公司　版权所有，侵权必究
投诉信箱：editor@hinabook.com　　fawu@hinabook.com
未经书面许可，不得以任何方式转载、复制、翻印本书部分或全部内容
本书若有印、装质量问题，请与本公司联系调换，电话 010-64072833